LA LIGNE DORÉE

ADDISON CAIN

1

———

Ils arrivaient.

La bouche ouverte comme un poisson, Morgaine passa d'un seul coup du sommeil à l'agonie. Ses yeux écarquillés se rivèrent aux poutres irrégulières du plafond, au-dessus de son petit lit. Elle n'arrivait plus à respirer. Une force invisible, terrible, faisait pression sur ses côtes, lui évoquant le poids mort d'un homme de taille adulte, qui s'accroupissait sur sa poitrine comme pour lui dire : *ne bouge pas.*

Sa langue humidifia ses lèvres sèches. Elle ferma les yeux, compta jusqu'à dix et rassembla la volonté de forcer ses poumons à se dilater, se comprimer, se dilater à nouveau. Ensuite, elle s'efforça de déplier ses doigts ; ce n'était qu'une question de temps avant qu'ils deviennent noueux, que ses muscles se crispent autour de ses articulations ankylosées.

Se réveiller dans un tel état de détresse ne pouvait signifier qu'une chose.

Elle n'avait pas beaucoup de temps devant elle.

Morgaine allait devoir se cacher. Elle allait devoir sortir de son lit, ignorer l'incendie qui enflammait chacune de ses terminaisons nerveuses et trouver un endroit où elle pourrait souffrir en solitaire, et ce, avant qu'*ils* la trouvent.

Les horreurs qui s'immisçaient toujours dans ses rêves la veille de leur arrivée n'étaient rien. La douleur qui s'insinuait dans chaque tendon et chaque os à mesure qu'*ils* se rapprochaient n'était rien. La sensation d'être traquée, les cheveux qui se hérissaient sur sa nuque, n'avaient aucune importance.

En revanche, la honte profondément ancrée de ce qui se passerait si d'aventure ces êtres haïs la trouvaient… *importait beaucoup*.

Morgaine préférait encore mourir à sentir leurs yeux, leurs mains, posés sur elle.

Les Alphas…

Les Alphas approchaient. Et ils étaient assez proches pour lui faire bien comprendre qu'elle n'avait plus une seconde à perdre.

À chaque saison, ils infectaient sa colonie. Ils venaient inspecter leurs esclaves et embarquaient de force des amis et des proches, qu'on ne revoyait jamais plus. Tous les colons savaient que, pour survivre, ils devaient se montrer respectueux envers les envahisseurs *au pouvoir*.

Ne jamais les regarder dans les yeux.

Si un soldat Alpha s'approchait, il était attendu des colons qu'ils s'agenouillent et se prosternent pour être examinés.

Ne jamais prendre la parole à moins qu'on ne vous le demande.

Ceux qui osaient argumenter ou chicaner… étaient montrés en exemple.

Morgaine avait été témoin de choses épouvantables : flagellations, marquages au fer, exécutions…

Ils s'emparaient de qui ils voulaient. Les enfants d'un certain âge, les jeunes hommes et femmes – ceux dont la colonie avait le *plus* besoin. Ils anéantissaient des familles. Les jours où les Alphas venaient faucher, les suppliques et les cris étaient une mélodie fréquente.

Certains devenaient indifférents. Certains détournaient les yeux.

D'autres, comme elle, passaient leurs années rongés par les cauchemars et les regrets. À la nuit tombée, on pouvait les entendre partout dans la colonie : le bourdonnement des lamentations, le grincement des lits sur lesquels les voisins se tournaient et se retournaient, tandis que la sueur trempait leurs draps usés jusqu'à la corde.

Tous étaient entachés.

Son enfer personnel était le souvenir de son cousin plus âgé, qui ne la quittait jamais : quand les immenses soldats s'étaient emparés de lui, il s'était débattu de toutes ses forces. À l'époque, elle n'était qu'une enfant apeurée de huit ans. L'adolescent, son héros, n'avait lui que treize ans.

La dernière fois qu'elle l'avait vu, il appelait sa mère, et le sang ruisselait de sa lèvre éclatée. Il avait fallu deux soldats pour l'emporter.

Quand sa mère, la tante de Morgaine, avait voulu intervenir, ses pairs l'avaient retenue. Les colons n'avaient pas interféré par cruauté, mais pour lui sauver la vie.

Ensuite, les mois atroces s'étaient écoulés sans fin, et sa tante n'avait cessé de pleurer son fils volé. Aucun *remboursement* n'aurait pu apaiser son désespoir. Que représentait de l'argent, quand son enfant unique n'était plus à ses côtés ? Quand elle savait qu'elle ne le reverrait jamais ?

Si les Alphas vous marquaient, il n'y avait pas de retour possible. Jamais.

Nul ne savait ce qu'il advenait de ceux qu'ils prenaient, et ceux qui osaient poser la question étaient réduits au silence. À la saison suivante, quand les envahisseurs Alphas étaient revenus, sa tante avait été incapable de tenir sa langue. La femme éplorée s'était précipitée vers le premier soldat qu'elle avait vu pour demander des nouvelles. Il l'avait repoussée. Elle avait crapahuté vers un autre. À ce qu'on racontait, c'était la cinquième brute, moins patiente, qui lui avait coupé la langue.

Son fils enlevé, aucun moyen de communiquer… Elle s'était suicidée moins d'un an plus tard.

Morgaine refusait que sa mère traverse la même épreuve. Et il n'y avait qu'un moyen sûr d'empêcher ça : elle n'avait pas laissé ces brutes poser les yeux sur elle depuis le matin où elle avait trouvé sa tante pendue aux chevrons de son humble chaumière. Et ce, grâce au nœud dans ses entrailles, qui l'avertissait avant qu'elle soit prise.

Des cauchemars terribles et une douleur suffisamment forte pour transir ses muscles la prévenaient toujours de l'arrivée imminente des Alphas. Une bénédiction et une malédiction qu'elle n'avait jamais osé partager. Un secret d'une telle ampleur ? Un signal d'alarme inexpliqué qui l'avertissait de leur arrivée ? Si les Alphas l'apprenaient et trouvaient la colonie déserte… tout son peuple serait pourchassé et puni… et elle serait exécutée pour sédition.

Peu importait le supplice qu'elle devait endurer à chaque saison, elle refusait de laisser sa mère seule et affligée.

Elle se moquait de la torture, de la nausée et de la peur qui l'accablaient à l'approche de leurs vaisseaux.

Une saison après l'autre, Morgaine les avait battus. Chaque fois, elle avait emporté son secret dans la forêt et elle le ferait à nouveau.

Toutefois, ce matin, son corps était en proie à une douleur telle qu'elle se sentait presque incapable de bouger.

Elle gémit en balançant ses jambes d'un côté du lit. Elle se cramponna au bord, mais il lui fallut quatre essais avant de pouvoir soulever son torse. Le mouvement de balancement fit convulser tous ses membres, et la fille se retrouva étalée par terre.

Des brassées de joncs fraîchement coupés étouffèrent le bruit de sa chute, mais elle jeta un regard effrayé vers l'endroit tout proche où sa mère ronflait doucement. Son atterrissage disgracieux n'avait pas perturbé son sommeil, mais le cri de douleur qui cherchait à s'échapper de sa poitrine changerait vite ça.

Morgaine se mordit la langue quand une nouvelle crampe brûlante la prit aux tripes et les noua douloureusement. Elle se força à rester immobile et silencieuse. Profondément endormie, sa mère roula sur le côté et se mit à ronfler de plus belle.

De la salive ensanglantée coula à la commissure

de ses lèvres quand elle desserra les dents et osa inspirer prudemment.

Il était impératif de ne pas réveiller sa mère et, par les esprits, il *fallait* qu'elle sorte sur le champ de leur chaumière avant de se trahir.

De cette manière, sa mère n'aurait pas à mentir si jamais on l'interrogeait. De cette manière, la responsabilité reposerait sur les épaules de Morgaine et les siennes uniquement, si d'aventure son non-respect des règles était un jour découvert.

Comme si elle aussi comprenait qu'il valait mieux taire certaines choses, après toutes ces années, sa mère ne l'avait jamais interrogée sur ses raisons d'être commodément ailleurs chaque fois que les Alphas écumaient la colonie. Elle ne s'imaginait pas la souffrance qui mettait son enfant en garde contre leur invasion.

C'était à Morgaine de porter cette culpabilité – car, chaque fois qu'elle fuyait, d'autres étaient pris qui auraient pu se mettre à l'abri s'ils avaient su. D'un autre côté, si elle avertissait ses voisins, elle ne ferait que s'exposer. Ses congénères sauraient que quelque chose n'allait pas chez elle, qu'elle était une hors-la-loi. Et, en son for intérieur, elle savait que si le moindre Alpha posait les yeux sur elle…

… il causerait sa perte.

Sa seule tante étant morte, sa mère se retrouverait seule au monde, sans aucune famille pour la réconforter.

Si elle était prise, qui saurait où cueillir les baies de hicklim toxiques, qui créaient la merveilleuse teinture verte que sa mère utilisait dans ses tissages ? Qui récolterait les œufs et plumerait les poulets ? Comment sa mère survivrait-elle seule ?

Elle était prête à s'arracher un bras si cela mettait la femme à l'abri du besoin.

Une forte fièvre et une douleur insoutenable ? Elle les méritait pour avoir gardé ses secrets. Ce n'était pas le cas de la bonne femme qui ronflait dans le coin.

Une vague de nausée fit se creuser sa langue. Morgaine eut un haut-le-cœur et fut prise de convulsions. La pièce s'assombrit, et elle se sentit à deux doigts de perdre connaissance sur place.

Les mâles s'étaient rapprochés. Plus de temps à perdre.

Ses bras, plus lourds que la pierre, redressèrent son corps traître, et elle se releva sur des jambes vacillantes. Elle ravala un autre cri et attrapa le premier vêtement qu'elle put trouver. Des doigts tordus par les crampes bataillèrent pour enfiler la robe en dentelle, qui pendait indécemment de ses épaules. Tant pis pour les bottes. Elle pouvait à peine lever le pied pour avancer ; elle marcha, un pas périlleux à la fois, jusqu'à la seule porte de l'humble chaumière.

Elle tritura maladroitement le loquet. Sa fuite silencieuse ne fut pas remarquée dans la pénombre précédant l'aurore.

Elle trébucha jusqu'à l'appui le plus proche et se retint contre la maison d'un voisin jusqu'à ce que son corps tremblant retrouve l'équilibre. Elle sentit quelque chose couler le long de sa cuisse. Elle venait de se faire pipi dessus.

C'était bien le dernier de ses soucis.

Les sueurs froides et la brume matinale n'eurent aucun effet sur l'incendie qui ravageait sa chair et ses os.

Chaque cellule de son corps exigeait qu'elle reste là où elle était et se soumette à son destin.

Combien de saisons pourrait-elle encore fuir sans faire de bruit, sans qu'un voisin la découvre, tremblante, dans un fossé ?

Elle avait déjà dû se mordre la langue à sang, enfoncer ses ongles dans ses paumes jusqu'à entailler sa chair. Tout ce qu'il fallait pour ne pas émettre un seul cri.

Les Alphas étaient tout proches ; les étoiles filantes visibles dans le ciel nocturne étaient un signe qu'ils traversaient l'atmosphère et atterriraient dans quelques minutes. Ensuite, ils prendraient le village d'assaut avant le lever du soleil. Si elle ne se bougeait pas de là, ils la trouveraient lorsqu'ils retourneraient la colonie, en train de convulser à côté d'un enclos à bestiaux boueux.

Laissant le désespoir l'envelopper comme une couverture réconfortante, Morgaine se força à faire un pas.

Il lui fallut plus d'une heure pour couvrir la courte distance jusqu'à la limite du village, et une heure supplémentaire pour tituber le long de la route menant à l'orée du bois le plus proche.

En dehors de la faune sauvage, les forêts étaient sûres quand on savait où poser les pieds. Bien plus sûres que les immenses guerriers, avec leurs armures vermillon, leurs armes et leur cruauté. Pendant que les Alphas passaient de chaumière en chaumière pour s'emparer de ce qu'ils désiraient, Morgaine pourrait s'effondrer à l'abri des regards.

Pendant qu'ils pillaient, elle souffrirait seule.

Elle souffrirait mille jours de torture pour le bien de sa mère. Elle souffrirait la culpabilité de voir d'autres familles pleurer leurs enfants volés à son retour.

Et, une fois le soleil couché, leurs vaisseaux débordant de biens et de colons volés, les Alphas n'auraient aucune raison de s'attarder. Ils s'en iraient. Ils s'en allaient toujours. Et sa douleur prendrait fin, comme toujours.

Elle devait juste rester tapie un jour.

Mais la liberté ne compterait pour rien si on la trouvait, prise de spasmes, sur le chemin menant à la forêt.

Elle s'enfonça dans les bois sur sa droite, et l'herbe couverte de rosée commença à alourdir son jupon. L'étoffe s'entortilla entre ses chevilles, et elle se laissa tomber contre un cornouiller.

À dix enjambées à peine du sentier en pierre, elle se retrouva incapable de faire un pas de plus.

Sous son corps, le sol était boueux, détrempé. L'eau d'un ruisseau proche était juste hors de sa portée. Une lampée, une gorgée de sa douceur… Elle en rêvait plus que de vivre. Mais, en dépit de tous ses efforts, elle ne put bouger.

Recroquevillée sur elle-même, elle sentit un élancement de douleur traverser ses os et ses organes. Elle sanglota contre la terre et perdit toute notion du temps – un brasier éternel au cœur de l'enfer le plus horrible.

Elle resta allongée pendant des heures, fiévreuse et nauséeuse, tandis que des racines tortueuses s'enfonçaient dans son dos et sa colonne vertébrale. Des heures perdues dans la douleur.

Et puis, au coucher du soleil, les vaisseaux des Alphas repartirent. L'une après l'autre, des dizaines de navettes s'élevèrent dans le ciel et commencèrent à disparaître au-delà de l'atmosphère.

La source de sa tourmente disparut avec eux.

Morgaine dilata ses poumons pour prendre sa première inspiration profonde depuis le lever du soleil et étira ses doigts, puis ses orteils… ses bras, ses jambes, tandis que sa mobilité revenait peu à peu. Trempée de sueur aigre, couverte de boue séchée, elle rampa, décoiffée, débraillée et épuisée, vers la source de réconfort la plus proche.

L'eau ruissela dans sa bouche. Elle se lava les mains et débarbouilla son visage de la boue et des larmes qui l'avaient encroûté. Quant à l'état de sa robe… elle ne pouvait rien y faire. L'herbe et la boue l'avaient salie et avaient fait disparaître les broderies fines de sa mère.

Sa gorge la brûlait comme si elle avait avalé du sable. Mais elle se força à se relever.

L'estomac noué, malade, Morgaine se remit debout et s'avachit dos contre l'arbre jusqu'à ce qu'elle ait rassemblé la force de rentrer chez elle.

Un petit sourire aux lèvres, elle psalmodia une prière de pardon.

Les esprits ne l'entendirent pas.

2

— Où étais-tu, Morgaine ?

Elle repoussa ses cheveux, hérissés par ses heures passées à gigoter dans la boue, de son front en sueur. Elle leva les yeux du chemin poussiéreux et vit sa voisine froncer les sourcils.

— Hein ? J'étais…

Hanna fit tut-tut et posa les yeux sur sa robe couverte de boue, ouverte au niveau de sa poitrine.

— Couvre tes loches, espèce de traînée ! Tu n'as même pas pris la peine de te rhabiller après avoir laissé l'un d'eux te culbuter dans les prés. Tu n'es guère différente de ta…

Morgaine refusait de tolérer ces calomnies. Aussitôt, la fureur éclipsa son embarras, et elle fit un pas vers la femme.

— Jamais je ne laisserais ces porcs me toucher ! s'indigna-t-elle.

— Si tu le dis, petite dévergondée, dit Hanna en secouant la tête, les poings sur les hanches. T'as ouvert les cuisses à combien d'entre eux pour essayer d'acheter la clémence pour ta mère ?

Un frisson glacé descendit le long de son échine ; son affront se mua en angoisse et lui noua l'estomac.

— Qu'est-ce qui est arrivé à ma mère ?

— Elizabeta a eu l'audace de leur mentir quand ils ne t'ont pas trouvée.

— Comment aurait-elle pu mentir ? Elle ne savait pas où j'étais.

Pressée d'obtenir des réponses, Morgaine attrapa la maîtresse de maison potelée par le bras.

— Ils lui ont fait du mal ?

— Tu aurais dû accepter mon garçon quand il s'est offert à toi ! s'emporta-t-elle avant de renifler en voyant un bout de son sein exposé. Tu as provoqué leur colère avec tes manières fourbes et dévergondées.

— Qu'est-ce qu'ils lui ont fait ? insista-t-elle, désespérée, assez fort pour attirer le regard des passants. Dis-moi !

La voisine n'eut aucun mal à repousser sa poigne affaiblie. Et il lui fut encore plus facile de la narguer.

— Les règles s'appliquent à toi comme à nous tous, sale petite fille. Va voir toi-même ce qui s'est passé. Mon Cassius a de la chance de s'être libéré de toi.

Le pas mal assuré, Morgaine jeta un regard apeuré aux alentours, à la recherche d'un indice.

Le village était toujours dans un sale état. Des paniers jonchaient la rue après que les Alphas eurent revendiqué les biens précieux qu'ils avaient contenu.

Des plumes piquetaient les chemins boueux ; les oies et les poules avaient été arrachées à leurs poulaillers et emportées. Le bétail errait librement, les enclos ouverts ; les bêtes les plus robustes avaient été emmenées aux vaisseaux des Alphas.

Et les larmes… tant de larmes.

La femme du boulanger était dans tous ses états et sanglotait en serrant un de ses jumeaux. On se doutait de la raison des larmes : le deuxième blondinet manquait au tableau. À côté d'elle, comme frappé de stupeur, son mari avait les yeux fermés et bouffis.

Des récoltes avaient été arrachées de la terre, des meubles bazardés dehors comme s'ils avaient été choisis, puis rejetés quand quelque chose de mieux avait attiré le regard d'un Alpha.

Sur la place, deux cadavres pendaient au gibet. Morgaine connaissait ces deux hommes ; l'un d'eux portait une chemise rouge qu'elle avait cousue elle-même.

Écœurée par la vue, elle avança en chancelant et se fraya un passage dans la foule ameutée. Elle n'eut pas le temps de constater qui d'autre pleurait ses proches et ce qui avait été emporté car, même de loin, elle put voir le rassemblement de colons devant sa petite chaumière.

Les voisins s'étaient massés sur la route poussiéreuse, et plusieurs piétinaient même son potager, détruisant des laitues presque prêtes à être consommées.

Quelque chose n'allait pas du tout.

Morgaine posa la main sur son point de côté et entama un sprint inélégant, repoussant brutalement ceux qui lui barraient le chemin.

Encore et encore, elle entendit les villageois marmonner son prénom avec dégoût lorsqu'ils la virent. Et ce n'était pas à cause de sa robe déchirée, couverte de boue, ou de ses longs cheveux dorés et découverts.

À leurs yeux, pour une raison qu'elle ignorait, elle avait commis un crime sans nom.

Peu importait ce qu'ils pensaient, ou les insultes qu'ils lui lançaient tandis qu'elle se frayait un passage vers sa chaumière. La seule chose qui comptait était de rejoindre sa mère.

Elle joua des coudes pour franchir la dernière ligne de villageois et vit… rien d'anormal.

Sa chaumière était telle que dans ses souvenirs, la porte en bois peinte en tons colorés, fermée.

Au bord de la nausée, Morgaine s'approcha, tendit la main vers le loquet et se figea.

De l'autre côté, elle entendit tonner une voix terrifiante.

— *Son odeur infiltre chaque recoin de ce taudis, vieille femme. Sécrétions et peur, je peux les sentir parfumer l'air ! Nous n'aurons plus aucune patience pour vos mensonges. Dites-nous où elle est, ou vous serez attachée au milieu de la place et brûlée vive pour les ennuis que vous avez causés.*

Morgaine posa l'oreille contre la porte et retint sa respiration pour entendre la réponse soumise, mais ferme de sa mère, sa voix douce.

— *Je vous assure que je suis seule à vivre ici. Je suis tailleur et je mène une existence modeste. Mes clients viennent me voir, dans cette pièce, pour que j'ajuste leurs vêtements. C'est l'un d'eux que vous devez sentir.*

Un grondement dangereux ébranla les murs.

— *Vos voisins racontent une autre histoire, madame. Vous avez une fille. Elle s'appelle Morgaine… et vous l'avez laissé grandir hors de notre vue, au point qu'elle est maintenant adulte.*

L'enfant n'est pas votre propriété. Elle appartient aux Alphas, et vous allez nous la donner.

— Mon seul enfant est mort il y a des années. Ceux qui vous ont raconté ça se trompent. Emportez toutes mes possessions si vous le voulez. Regardez, voici des étoffes précieuses, tissées et teintées en vermeil. Elles sont à vous. Que dites-vous de ces dentelles et broderies pour votre épouse ? Regardez, c'est mon plus beau travail. En dehors de ces étoffes, je n'ai rien d'autre à vous offrir, éminent Alpha.

Quand le soldat aboya cruellement, tous ses cheveux se dressèrent sur sa nuque, et Morgaine sentit son cœur remonter dans sa gorge.

— Attachez-la sur la place. Si elle refuse de répondre honnêtement, qu'on fasse d'elle un exemple et qu'on l'y laisse pourrir.

— Non ! s'époumona-t-elle en ouvrant le loquet et en poussant la porte, pressée de sauver sa mère. Ne lui faites pas de mal ! Je suis là.

Dans l'éclairage feutré de la chaumière, elle vit deux mâles immenses, malvenus, qui dominaient l'espace exigu et sens dessus dessous. Leurs armures impeccables, des armes à la ceinture et en travers du dos, ils se dressaient entre le mobilier dérangé et leurs affaires brisées.

Tous deux posèrent leur attention sur elle, anormalement immobiles et impassibles.

Dans son dos, la porte se referma en claquant.

— Je suis là, répéta Morgaine, les yeux humides, en avançant d'un pas chancelant.

Le soldat le plus proche fit un pas vers elle. En réaction, elle inspira et se prépara à demander grâce pour sa mère. Mais cette inspiration profonde suffit pour qu'elle se change en pierre.

Elle pouvait presque goûter les intrus à l'arrière de sa gorge. Des charbons ardents… Comme si elle respirait un incendie qui la brûlait de l'intérieur.

Elle se sentit soudain incapable de parler ou d'implorer. Incapable de tomber à genoux.

Incapable de respirer.

Elle cilla plusieurs fois, et sa respiration devint sifflante.

Les yeux écarquillés, elle jeta un coup d'œil paniqué vers sa mère. L'Alpha avait attrapé la femme par la gorge et plaquait son corps raide contre un mur. L'artisane à la voix calme avait disparu. Tremblante de terreur, la pauvre essayait de rejoindre son enfant.

Rêvant de se blottir contre sa mère, mais dans l'incapacité de bouger, Morgaine sentit des larmes chaudes jaillir de ses yeux. Elle fit de son mieux, essaya de tout son être de tendre la main.

Au lieu de quoi, elle sentit ses genoux entrer en collision avec le sol quand une crampe paralysa ses mollets et la fit tomber. La génuflexion n'était pas un acte de supplique. Ses mains cherchaient désespérément à se raccrocher au sol, comme s'il pouvait la sauver.

Le manque d'air l'étourdissait, et elle se sentit faiblir, au bord de l'inconscience.

À travers ses cheveux emmêlés, elle vit les bottes du soldat le plus proche avancer dans sa direction.

— On dirait que votre fille morte est ressuscitée ! railla-t-il, sa pique teintée d'amusement.

Les doigts étalés, Morgaine contempla les joncs sous ses mains et inventa n'importe quelle excuse pour apaiser les soldats qui harcelaient sa mère.

— J'étais dans les bois… pour cueillir des baies.

Un doigt se posa de manière importune sous son menton, la forçant à le lever pour être inspectée. L'homme qui la touchait, l'intrus qui avait saccagé son foyer, était plus costaud que tous les hommes de son village. Immense. Cruel. Un visage de brute la fixa d'un air mauvais.

— Et où sont ces baies ?

— Je n'ai pas…

Elle n'aurait pas pu cueillir de baies dans son état, pas plus qu'elle ne pouvait formuler de mots en ce moment. Des larmes silencieuses coulèrent sur ses joues sales.

— J'aime ma mère.

— Chut, jeune fille, dit l'étranger en soutenant son regard.

Il prit son visage entre ses paumes rêches et lui décocha un petit sourire.

Un sourire qui n'amoindrit pas le moins du monde sa dureté.

— Pitié…, supplia-t-elle en retenant ses sanglots.

Entendant sa supplique, l'étranger entonna la plus belle des musiques.

Jamais l'air n'avait bourdonné d'une chaleur aussi parfaite. De sous l'armure rouge vif qui couvrait son poitrail, des réverbérations profondes créèrent un monde nouveau. La vibration détenait le pouvoir de détendre ses muscles crispés. D'un coup, Morgaine put aspirer l'air à grandes goulées.

Ébahie, elle le regarda la bouche grande ouverte. L'Alpha ronronnait comme les hommes de son village lorsqu'ils courtisaient ; tout comme le fils de sa voisine obèse, Cassius, avait ronronné en lui offrant des fleurs. Mais ce son était plus grave… si profond que son corps semblait flotter en apesanteur dans une vaste étendue d'eau.

— Garde les yeux ouverts, renégate, dit la voix auparavant brutale d'un ton étonnamment doux, riche et vibrant – aussi doux que son toucher, quand il passa le pouce sur ses joues pour essuyer ses larmes. J'aimerais entendre ton prénom de tes propres lèvres.

Elle ferait tout, absolument tout, pour que sa mère soit relâchée. Même la chose épouvantable dont l'avait accusée sa voisine Hanna quelques instants plus tôt.

— Morgaine, murmura-t-elle d'une voix pâteuse.

Le soldat Alpha conserva son attention sur elle tout en tournant son menton de droite à gauche pour l'examiner, mais ce fut à sa mère qu'il s'adressa :

— Vous avez de la chance, vieille femme, que celle-ci soit exceptionnellement belle.

Cherchant désespérément à rejoindre son enfant, la femme se débattit dans l'étreinte du deuxième soldat, qui la tenait toujours par la gorge.

— Laissez-la. Vous ne pouvez pas l'avoir !

Son effort désespéré ne changea rien à la situation. Le mâle repoussa les mains de sa mère comme s'il chassait une mouche et s'adressa à son camarade.

— Cette fille a depuis longtemps dépassé l'âge où elle aurait dû être cueillie. L'Oméga est sans doute endommagée.

L'Alpha qui ronronnait toujours caressa sa gorge du revers des doigts, jusqu'à la ligne de chair exposée au-dessus du corset déchiré de sa robe. Il repoussa un pan jusqu'à révéler le bout rosé de son téton. Et puis il la toucha, fit des cercles autour de sa chair avec le gras de son doigt.

— Non. Celle-ci est parfaite.

Morgaine sentit ses orteils se recroqueviller, et un coassement étrange resta coincé dans sa gorge. Elle perdit de vue sa mère qui se débattait dans le coin. Elle oublia pourquoi elle aurait dû les implorer. Elle en oublia son prénom.

Quand l'Alpha grogna d'un air approbateur et soupesa son sein, le monde s'évanouit autour d'elle.

— Je… je meurs.

Ces mots tristes poussèrent son assaillant à rattraper son corps mou avant qu'il ne s'écrase au sol. D'un geste, il la souleva contre son torse et ronronna de plus belle. D'une voix incroyablement douce, l'étranger posa les lèvres contre son oreille.

— Viens, Oméga. Je sais ce qui te fera te sentir mieux.

3

———————

Une agréable sensation de flotter dans de la crème, de sécurité et de chaleur, emmaillotait son corps. Morgaine était enveloppée dans un réconfort velouté, et l'impression était si riche, si parfaitement satisfaisante que, quand ses cils battirent, elle crut être passée dans le monde des esprits.

Mais elle se trompait. Une courbature dans son épaule commença à l'élancer au moindre mouvement. Ensuite vint la sensation de piqûre sur ses paumes éraflées. Et ses genoux, qui étaient raides, égratignés et perclus de douleur.

Les morts n'étaient pas censés ressentir de douleur.

Un petit gémissement s'échappa de ses lèvres entrouvertes.

Elle cilla deux fois et découvrit qu'elle ne pouvait pas voir sa main devant son visage.

Au lieu de s'élever dans les cieux, elle était tombée dans les ténèbres de la souffrance.

La peur chassa les vestiges de cette fausse impression de sécurité.

Engloutie par cette noirceur terrible, emmitouflée dans une étoffe plus douce que de la fourrure de lapin, Morgaine se mit à hyperventiler. Ce n'était pas l'absence de visibilité qui la faisait paniquer, mais l'odeur : épices, musc, sel, sueur… Tous des parfums masculins, aucun d'entre eux familiers.

L'odeur d'Alphas.

Elle en était entourée, noyée dans le noir complet, et elle n'avait pas la moindre idée dans quelle direction fuir.

La pièce sembla réagir aux palpitations croissantes de son cœur, et une douce lueur émana d'une source inconnue.

Le halo s'agrandit, et la fille aux yeux ronds découvrit que, quand bien même l'odeur de nombreux mâles épiçait la pièce, elle était, en fait, seule.

Seule et vautrée dans un genre de fosse rembourrée.

Son corps était couvert de bouts de fourrure blanche, éparpillés sur elle comme des pétales de fleurs tombés pendant son sommeil. De chaque peau se dégageait l'arôme d'un Alpha différent. Une centaine d'entre eux, peut-être plus.

Les effluves étaient étrangement agréables, ainsi que la texture de la fourrure, mais l'incertitude de pourquoi on lui faisait subir cette épreuve ne fit naître en elle qu'un sentiment de vif dégoût. Le pire, c'était que sous cet amas de douceur, on lui avait retiré sa robe et ses sous-vêtements. Ces lambeaux de peau parfumés étaient la seule chose à couvrir sa nudité.

Si elle s'était levée, aucune peau n'aurait été assez grande pour couvrir plus qu'un sein à la fois.

Voilà ce qui la terrifiait le plus. Celui qui l'avait allongée dans ce lit encastré la voulait nue, sans recours à la modestie une fois qu'elle se serait réveillée.

Complètement vulnérable.

Morgaine recula jusqu'à ce que ses épaules heurtent la paroi arrondie de la fosse à coucher et repoussa les fourrures infectes avant de draper ses longues mèches dorées devant ses épaules comme une cape. Elle remonta ses genoux écorchés sous son menton et vit que quelqu'un avait lavé la boue de ses mains, ses bras et ses pieds, mais qu'il restait de la crasse sous ses ongles.

Elle grimaça en s'imaginant qui ce quelqu'un pouvait bien être. L'homme sans gêne qui avait baissé sa robe et tordu son téton entre ses doigts ?

L'Alpha repoussant qui l'avait touchée comme seuls les maris avaient le droit de toucher… et ce, sous les yeux de sa mère ?

Qu'est-ce que ça pouvait faire qu'il ait soigné les écorchures sur son corps ? Qu'est-ce que ça pouvait faire qu'il les ait traitées avec un onguent sec, qu'elles ne lui faisaient plus mal quand elle les touchait ?

En voyant les pelures orangées, signes de ses soins, elle sentit une honte indicible faire fourmiller sa peau.

Je sais ce qui te fera te sentir mieux. Voilà ce qu'il avait dit.

Elle eut envie de récurer sa peau pour éliminer toute trace de son toucher. Elle attrapa une fourrure au hasard pour frotter l'onguent. Dessous, les hématomes viraient déjà au jaune. Bientôt, ils auraient complètement disparu. Mais le souvenir de ses doigts qui jouaient avec son mamelon… ne la quitterait jamais plus.

Les écorchures sur ses genoux semblaient presque guéries. Les croûtes finiraient par tomber et révéler une nouvelle peau ; toutes les blessures occasionnées par sa tentative de se libérer de ces monstres disparaîtraient.

Tout comme sa robe avait disparu. Tout comme sa mère avait disparu.

Maman…

Morgaine pouvait encore entendre sa mère hurler, supplier, tandis que l'Alpha la berçait contre son armure rugueuse et l'emportait vers la porte. Et elle, qu'avait-elle fait ? Rien. Elle était restée accrochée à ses bras, comme une poupée de chiffon, les yeux roulant dans leurs orbites – sa dernière vision celle des chevrons de la chaumière, d'où pendaient des poignées de fines herbes.

Elles n'avaient même pas pu se dire adieu.

Parce que la fille s'était endormie dans les bras du monstre qui avait menacé de brûler vif sa mère.

En ce moment, elle n'aurait pas pu se détester davantage.

Ses cris étouffés et ses larmes chaudes se perdirent contre ses genoux. Sa chair finirait certes par guérir, les courbatures par se dissiper lentement, mais la déchirure dans son cœur serait éternelle.

Elle espérait qu'ils n'attendraient pas longtemps avant de la tuer. Elle priait pour que les Alphas l'exécutent de manière horrible. Elle méritait de souffrir.

Tout comme sa mère souffrait en ce moment-même.

— Inutile de pleurer. Tu n'es pas en danger, Oméga.

D'où il était sorti, elle l'ignorait. Peu importait. Tout ce qui comptait, c'était qu'un inconnu dominait l'endroit où elle s'était tapie dans son désespoir.

Elle poussa un cri de surprise et s'éloigna d'un bond des coussins. Passant un genou par-dessus le rebord du lit enfoncé dans le sol, elle se hissa et détala, nue, jusqu'au coin le plus éloigné de la pièce.

Un seul regard vers l'Alpha, et toute prétention d'espérer la mort s'envola. Il était bien plus difficile d'affronter sa fin avec bravoure quand le bourreau était là pour vous y mener.

— Ne me touchez pas ! sanglota-t-elle, tremblante, en se repliant derrière ses cheveux.

Le regard stoïque, l'Alpha n'avait pas bougé ; sa posture décontractée ne donnait pas à penser qu'il se préparait à la pourchasser. L'étranger dans son armure vermillon semblait fait de pierre.

— Je suis le sergent Uriel. En tant qu'Alpha apparié de rang supérieur, on m'a confié la tâche de gérer ta transition.

Voulant à tout prix mettre une barrière entre son corps nu et celui du sergent en armure, Morgaine abandonna son coin et courut s'abriter derrière une table chargée de nourriture. Elle leva la chaise devant elle, tout contre sa poitrine, prête à s'en servir comme arme s'il cherchait à la poursuivre.

L'adrénaline faisait battre son cœur à la chamade, et ses pupilles étaient contractées.

— Qu'est-ce qui est arrivé à ma mère ? demanda-t-elle d'un ton courroucé.

— C'est le caporal Esin qui t'a recueillie. Tu

devras lui demander toi-même quelles pénalités ont été infligées à la Bêta, répondit le sergent Uriel en faisant un pas vers elle. Repose la chaise.

— Non, refusa-t-elle en levant son arme plus haut – au diable la modestie !

— Tu étais malade quand il t'a trouvée, tu n'aurais pas survécu beaucoup plus longtemps sans les soins attentifs d'Alphas, lança-t-il en faisant un pas mesuré dans sa direction. Les Omégas exigent une attention spécifique. Ici, tu recevras cette attention.

Encore ce mot ! Cette dénomination exécrable, employée pour forcer les vilains enfants à être sages, au risque de se faire prendre. Être un Oméga était quelque chose de terrible.

— Je ne suis pas une Oméga. Les Omégas sont dangereux, et je n'ai jamais fait de mal à une mouche. Je n'ai même jamais enfreint de loi.

L'homme interrompit son avancée et haussa un sourcil, comme pour souligner le mensonge dans sa dernière remarque.

De son côté, elle ignorait d'où lui venait son audace. Peut-être était-ce parce qu'elle savait que sa fin était proche. À quoi bon tenir sa langue maintenant ?

— Aucune loi ne stipule que les colons doivent être présents quand les Alphas nous envahissent pour voler nos cultures et notre bétail.

— Nous ne tolèrerons pas ton insolence, Oméga.

Pas plus que tes mensonges. Je m'abstiendrai de te donner une leçon pour cette fois, puisque tu t'adaptes toujours à cette *nouvelle situation* et que tu es visiblement bouleversée. Cependant, je t'avise de ne pas tester ma bienveillance.

Sa manière d'avoir prononcé le mot *leçon*, sa voix devenue plus grave et froide, lui glaça les sangs. Sa peau devint moite, et ses bras se couvrirent de chair de poule. Même sa gorge se serra.

— Je ne suis pas une Oméga, répéta-t-elle d'un ton moins assuré, tandis que les larmes jaillissaient de ses yeux.

— Tu n'imagines pas ce qui te serait arrivé si tu étais restée en compagnie des Bêtas, murmura l'Alpha, son visage austère et désapprobateur, en faisant un pas assuré vers elle. Dans le cas contraire, tu te serais soumise au premier Alpha sur ton chemin et tu l'aurais supplié de t'emmener.

Jamais de la vie ! Jamais elle n'aurait fait une telle chose. Mais il était inutile d'exprimer tout haut de telles pensées. Son dégoût était placardé sur ses traits.

Le sergent Uriel ne se laissa pas distraire par sa grimace et ses yeux plissés. Il avança délibérément d'un autre pas.

— Lors de tes premières chaleurs, tu aurais été violée par tous les mâles capables de ton village ; les villageois de ta colonie se seraient entre-déchirés pour te sauter jusqu'à ce que tu en meures. Et cette violence ne leur aurait pas été imputable. Ç'aurait été ta faute pour avoir osé te cacher à nos yeux, asséna-t-il en faisant un autre pas. Les Omégas sont effectivement dangereuses.

Morgaine ne comprenait pas le terme *chaleurs*, mais l'image qu'il lui dépeignait lui donnait la nausée.

— Vous êtes malade.

— Aucun d'eux, fût-il adolescent, adulte ou vieillard, reprit Uriel sans broncher, l'expression neutre. Aucun d'entre eux n'aurait été capable de s'en empêcher. Combien seraient morts pour ta vanité ? Ta mère aurait probablement été étripée en essayant de t'éloigner de la foule enragée.

Un goût aigre dans la bouche, sa respiration superficielle et irrégulière, elle secoua la tête.

— Mes voisins sont des gens paisibles. Je ne sais pas ce que sont vos *chaleurs*, mais les choses que vous décrivez ne se passent pas dans mon village.

L'Alpha fit un geste vers sa droite.

— Des enregistrements de tels moments ont été mis de côté. Tu vas les visionner pour comprendre ce qu'aurait été ton sort.

Comme par magie, le mur s'anima d'images. L'air s'emplit de cris, de gémissements et de toutes sortes de bruits horribles. Morgaine tourna la tête sans réfléchir et ne vit que des horreurs. Des corps qui escaladaient d'autres corps en sang, une foule violente en train de se déplacer comme une masse de serpents qui s'entortillaient. Au centre se trouvait une fille bouche bée, ses yeux noir d'encre tandis qu'elle se faisait mutiler au point de devenir méconnaissable.

Elle ne parvenait pas à déterminer si la femelle luttait contre la foule ou l'attirait à elle. Tout ce qu'elle pouvait voir, c'étaient les fluides et le carnage.

Elle n'avait encore jamais vu d'homme nu, en érection. Il y avait quantité de tels organes sur ce mur vivant… grotesques, bulbeux et ensanglantés. Elle pria pour ne jamais en voir d'autres de sa vie.

Mais il lui fut impossible de détourner les yeux.

Les cris redoublèrent.

Elle lâcha la chaise afin de se boucher les oreilles, mais ses mains ne suffirent pas à bloquer les hurlements terrifiants qui la hanteraient jusqu'à sa mort.

La pauvre fille finit par mourir.

La mort de l'Oméga n'avait cependant pas arrêté la violence de la foule, qui se disputait tous ses orifices pénétrables.

Son cadavre fut littéralement démembré.

Morgaine se pencha vers l'avant et eut un haut-le-cœur, mais rien ne sortit. Le sergent Uriel combla l'écart entre eux, glissa la main dans ses longs cheveux dorés et les dégagea de son visage cendreux. Puis il tira sur ses racines pour la forcer à relever la tête, afin qu'elle voie la scène dans son entièreté.

L'enregistrement se poursuivit sur le mur, tandis que l'homme à ses côtés narrait la projection.

— Quand leur rut s'est apaisé, les hommes ne savaient plus où se mettre, tant ils se sentaient coupables. Toute la colonie a dû être éradiquée et remplacée. Tous les colons jusqu'au dernier sont morts parce qu'Esmeralda, comme toi, avait *déjoué* la cueillette.

Les images suivantes lui montrèrent les corps côte à côte dans une fosse commune. De tous âges, de toutes stations, tous les colons avaient été sacrifiés, comme l'Alpha l'avait affirmé.

Malgré la prise sur ses cheveux, elle se laissa tomber à genoux.

— Veux-tu que nous regardions la mort de Chen, maintenant ?

— Non. Je suis ce que vous dites que je suis, sanglota Morgaine, prête à tout dire, à concéder, pour que ça s'arrête.

La prise du sergent Uriel s'adoucit. Il se pencha, passa un bras autour de sa taille et aida la fille désemparée à se remettre debout.

— Nous avons appris que mieux vaut être direct quand nous tombons sur les rares spécimens en liberté, dit-il en teintant ses mots d'un ronronnement grave. Il faut que tu reconnaisses que nous avons agi pour ton bien. Ici, les Omégas sont aimées, protégées par les Alphas. Le comprendre est la clé…

— Aimées ? le coupa-t-elle en sentant la bile remonter dans sa gorge.

Le sergent la fit asseoir sur la chaise qu'elle avait brandie comme une arme, la rassurant avec son toucher prudent et son ronronnement riche.

— Oui, *aimées*. J'aime énormément ma partenaire.

Morgaine n'avait jamais vu la moindre trace d'amour dans les agissements des Alphas. Même celui-ci l'avait déjà menacée. Il lui avait tiré les cheveux et exigé des choses. Voilà ce que les Alphas faisaient : ils prenaient et ils blessaient.

Ils ne savaient pas comment *aimer*.

En revanche, ils savaient comment dénuder une fille endormie, la terroriser et lui montrer des choses qui lui donneraient des cauchemars pendant des années.

— Avez-vous forcé la femme que vous aimez à regarder ça ? cracha-t-elle, révoltée.

— Elle n'a pas eu besoin de cette leçon.

Le sergent Uriel s'empara d'un pichet, versa de

l'eau dans un verre et le porta aux lèvres de Morgaine.

Ses dents claquèrent. Elle avait froid et tremblait comme une feuille, mais elle refusa d'avaler l'eau qu'il lui offrait. Il inclina le verre. Quand elle commença à cracher et que le liquide dégoulina sur son menton, il agrippa à nouveau ses cheveux dans son poing.

Sans tirer, il se contenta de lui faire comprendre qu'il la corrigerait s'il le fallait.

— Bois cette eau.

Leurs regards se croisèrent. Celui du mâle était à la fois inflexible et indulgent. Elle comprit qu'elle avait déjà perdu la bataille.

Et qu'elle perdrait toutes les batailles. Il voulait qu'elle le sache.

Il voulait qu'elle se soumette.

Ce qui, à ses yeux, était encore pire que la mort.

Elle se remit à pleurer.

Le ronronnement de l'Alpha s'accrut. Il avait fait passer son message, et ses petites épaules avachies étaient une concession suffisante. Il remplit de nouveau son verre et le porta une deuxième fois à ses lèvres.

Cette fois, elle ne lutta pas ; elle se laissa bercer par le ronronnement juste assez pour avaler rapidement quelques gorgées avant qu'il n'incline le verre et ne la noie. Lorsque le verre d'eau fut vidé, le mâle l'éloigna et le reposa sur la table.

Morgaine reprit sa respiration et le dévisagea. Le sergent Uriel aurait pu être son père. Ses tempes grisonnaient, son visage était ridé et les mains qui l'avaient touchée étaient couvertes de cals, signes de ses années. C'était un homme dur jusqu'au bout des ongles.

Un homme qui ronronnait.

Morgaine se fana sous son regard implacable.

— Je veux rentrer à la maison, murmura-t-elle, désespérée, épuisée et effrayée.

Il tapota ses cheveux emmêlés et se retint d'être cruel en demandant :

— Après ce que tu viens de voir ? En sachant quel serait ton destin ?

Elle ferma les yeux et frissonna, se tapissant encore plus en elle-même. Bien sûr qu'elle ne voulait pas ça. Encore maintenant, elle revoyait la fosse commune, et c'était comme si les visages des morts étaient ceux des villageois qu'elle connaissait, avec qui elle avait grandi, qu'elle avait aimés.

— Je veux ma maman, souffla-t-elle d'un ton pitoyable, refusant de renoncer à ce qui pourrait tout arranger.

Le poids de sa main dans ses cheveux s'envola, tout comme la douceur dans sa voix.

— Bientôt, tu auras un partenaire. Une nuit dans

ses bras, et tu oublieras tout de ta mère, grommela l'Alpha avant de se redresser et d'indiquer la table devant eux. Maintenant, mange. Quand tu auras terminé, lave-toi dans ce coin-là. Si tu n'as pas terminé ces deux tâches à mon retour, je te donnerai une autre *leçon*.

4
———

La toilette bizarre, la baignoire à la beauté superficielle, profonde – ces deux éléments de nature si personnelle étaient exposés aux yeux de tous.

Pas de paravent, pas de rideau… là où tout le monde pouvait la voir.

Le sergent Uriel l'avait prévenue, lui avait donné deux ordres clairs, puis il était parti en emportant avec lui son ronronnement. Roulée en boule, elle n'avait même pas vu par où il était sorti.

Dès qu'il avait éloigné la main de son dos, elle s'était laissé glisser de sa chaise et accroupie au sol, comme pour se faire la plus discrète possible.

Des leçons.

Son mental allait craquer si elle devait endurer une autre leçon.

Cette pauvre Oméga. D'après ce qu'elle avait pu voir, la fille n'avait rien fait de mal. *C'était à elle qu'on avait fait du mal.*

Pourquoi ? Pourquoi les colons avaient-ils commis un acte aussi haineux ?

Les questions venaient spontanément, murmurées d'une voix entrecoupée comme quand elle avait prié les esprits. Et, comme lors de ses prières précédentes, aucune réponse ne vint.

La seule réponse perceptible fut que la pièce se refroidit.

Elle avait beau se frotter les bras, sa peau fourmillait. Elle commença à trembler. Elle aurait tout donné pour avoir une couverture.

Sa nudité, exposée dans cette pièce vide, le froid qui s'infiltrait dans ses os… Tout cela lui troublait l'esprit.

Elle poussa un soupir frustré, et de la vapeur flotta dans l'air devant ses yeux. En la voyant se dissiper, elle comprit que la température avait été baissée délibérément, ce qui la poussa à bout.

Il n'y avait pas de porte à marteler dans cette pièce, et l'Oméga paniquée crapahuta d'un bout à l'autre, en quête d'une issue. Tous les murs étaient lisses, réguliers et glacials au toucher.

— Au secours ! implora-t-elle en frappant la surface réfléchissante. S'il vous plaît, quelqu'un !

AIDEZ-MOI ! Je dois retourner auprès de ma mère !

Silence.

Elle avait plus froid à chaque seconde qui passait, et ses dents se mirent à claquer. Les bras serrés autour de sa taille, elle comprit qu'il n'y avait que deux options : l'étrange lit creusé rempli de fourrures nauséabondes ou la baignoire exposée, qui avait miraculeusement commencé à se remplir toute seule.

De la vapeur s'élevait en volutes de la surface, l'invitant à se glisser dans l'eau chaude pour y puiser du réconfort.

Mange, avait ordonné l'Alpha. Puis lave-toi.

Obéis à mes ordres ou subis une autre leçon.

En pleurant pour de bon, elle posa son attention sur la table.

Ses jambes aussi lourdes que du plomb l'y portèrent. Elle posa son derrière nu sur un coussin brodé. La chaise était jolie ; elle aurait pu provenir d'une des plus belles maisons de sa colonie. Morgaine aurait préféré les bancs en bois poli dont sa mère avait meublé leur simple chaumière, tout comme elle aurait préféré l'odeur du pain frais à celle des mets riches disposés sous ses yeux.

Elle contempla l'offrande les yeux secs, ou peut-être ses larmes avaient-elles gelé sur ses joues. Même sa panique semblait s'être figée.

Engourdie de l'intérieur comme de l'extérieur, elle se força à tendre la main vers la nourriture la plus proche. Une tranche de fruit sucré toucha sa langue, mais elle ne pouvait se sortir de la tête l'image du sang et des organes masculins qui avaient versé ce sang.

Des organes affreux.

Des organes qui, quelques moments plus tôt, avaient éjecté un liquide grotesque sur le visage d'une fille morte.

Morgaine vomit tout ce qu'elle venait d'avaler.

Moins préoccupée par le fait que son corps rejetait la nourriture que par la punition imminente, elle se força à lever la tête et à balayer du regard les alentours comme un animal terrifié, à la recherche du prédateur qui se tapissait forcément dans l'ombre.

Sauf qu'il n'y avait aucune ombre dans la pièce. Cet étrange halo lumineux venait de partout et illuminait tout.

Certaine qu'on la punirait d'avoir sali la table, elle abandonna la lutte. C'était comme si autre chose contrôlait ses membres, un genre d'instinct de conservation qui la forçait à agir. Elle se leva, fit un pas, puis un autre.

Les toilettes étaient juste là.

D'abord, elle vomit dedans. Puis, les yeux vitreux, elle s'assit sur la lunette et essaya d'uriner.

Pas une seule goutte ne sortit.

La lumière de la chambre se tamisa.

L'urine éclaboussa alors la cuvette, comme si une voix silencieuse avait lancé un ordre et que son corps avait obéi.

Elle tituba des toilettes à la baignoire fumante.

Tout comme le lit creusé et rempli de fourrures, la baignoire était encastrée dans le sol et richement décorée. Carrelage bleu aux motifs floraux, qui s'enroulaient en mosaïque, eau chaude et réconfortante…

Morgaine était sûre que les apparences étaient trompeuses.

Rien dans cette pièce ne lui avait apporté le moindre réconfort : ni le lit, ni la nourriture, ni les étranges toilettes, ni cette piscine fumante.

L'eau se mit à tourbillonner, et des bulles se formèrent à la surface.

Trop gelée pour être surprise, elle écarquilla néanmoins les yeux.

Les pièces étaient censées avoir des portes.

Les baignoires n'étaient pas censées se remplir toutes seules.

Les murs n'étaient pas censés montrer des horreurs.

Était-elle en enfer ?

Était-ce ce qu'elle avait mérité pour avoir menti à son village ?

Comme si la pièce pouvait lire dans ses pensées, le mur qui l'avait terrifiée quelques instants plus tôt se transforma dans un flou ondulant. Au lieu de contempler viols et meurtres, Morgaine eut cette fois droit à une fenêtre. D'un coin à l'autre, elle exhibait une forêt verdoyante. Même l'air se réchauffa d'une brise légère et du piaillement des oiseaux.

Une telle technologie n'existait pas dans son village.

Elle était cependant assez intelligente pour comprendre qu'il n'y avait pas d'oiseaux qui chantaient, pas de branches d'arbres qui ployaient au vent. Elle fronça les sourcils. Ce simulacre n'était rien comparé à la forêt, aux *vrais* arbres. L'image, dans son entièreté, était une insulte.

Gave-toi de nourriture plus que probablement volée dans ta colonie. Lave-toi, les cheveux à découvert, comme une putain.

Ou sois témoin d'autres horreurs…

La question ne se posait pas.

Morgaine se glissa dans la baignoire sans quitter des yeux cette fausse forêt. Elle coula comme une pierre jusqu'à ce que l'eau lui arrive au menton.

La chaleur piqua ses membres engourdis par le froid. Elle eut mal.

Elle *voulait* avoir mal.

Un tourbillon fit tournoyer l'eau, et des jets de vapeur se mêlèrent à du savon pour former des bulles, qui recouvrirent toute la surface.

L'odeur n'était pas à son goût. Dès qu'elle plissa le nez, elle aurait pu jurer qu'elle changea. L'odeur de rose se transforma en parfum d'herbe… plus tolérable.

La nausée se dissipa lentement. À la place, un épuisement extrême la prit.

Elle inspira profondément et immergea sa tête sous l'eau, pour écouter le bouillonnement et le clapotement jusqu'à ce que ses poumons la brûlent. Elle voulut rester comme ça, dans son petit monde aquatique, jusqu'à ce que son cœur cesse de battre.

Mais la baignoire commença à se vider d'elle-même.

Son sanctuaire temporaire lui fut arraché.

Trempée, elle se retrouva assise dans la baignoire vide et se prit la tête à deux mains.

Elle comprit que la baignoire n'était pas une source de réconfort. Sous ses beaux airs et ses bonnes odeurs, son objectif était de la faire écouter et obéir.

De la laver, parce que le sergent Uriel l'avait ordonné.

De la piéger entre les mosaïques florales, parce qu'il n'y avait ni serviette ni cachette.

Bien qu'elle ait été incapable de trouver une issue, *il* était parvenu à entrer dans la chambre. Elle avait entendu ses bottes et senti celui qui était venu l'envahir et triompher d'elle.

Morgaine ne lui accorda pas l'honneur de lever la tête ou de faire cas de sa présence.

L'intrus se mit à ronronner.

Elle refusa de redresser le cou pour croiser son regard. À quoi bon ?

— C'est ce que vous aviez à l'esprit quand vous avez dit que vous saviez ce qui me ferait *me sentir mieux* ? M'abandonner nue, trempée, honteuse et effrayée ? Quelle que soit la punition que vous ayez décidée pour moi, finissez-en.

Une main malvenue vint se poser sur le sommet de son crâne.

— Ce n'est pas une manière appropriée de s'adresser à un Alpha, dit-il d'une voix aussi brutale que celle qu'elle avait entendue dans sa chaumière.

Dégoûtée qu'il la touche, Morgaine ferma les yeux.

— Uriel ? C'est bien son nom, celui qui gère ma *transition* ?

— Sergent Uriel, la corrigea-t-il.

Elle posa ses paumes sur ses paupières et appuya jusqu'à voir des étoiles.

— Le *sergent Uriel* a dit que vous étiez le seul à pouvoir me dire ce qu'il était advenu de ma mère.

— Regarde-moi.

L'ordre avait été modulé ; Morgaine supposa qu'il était venu l'amadouer. Mais ce ne fut pas ce qui la poussa à lever la tête. Elle la leva parce que son cœur se brisait et qu'elle avait besoin de savoir sa mère en vie.

L'homme qui avait pétri son sein dans sa maison, qui avait menacé la personne qu'elle aimait le plus, qui l'avait emportée loin de chez elle comme s'il en avait le droit, souriait.

Contrairement au sergent Uriel, il ne portait pas son armure vermillon, mais une tunique en tricot qui s'étendait sur son poitrail et révélait ses bras. Un pantalon ample était noué à sa taille par ce qui ressemblait à un simple cordon. Une tenue décontractée.

Voyant son attention, le soldat s'efforça d'adoucir son ton sévère et sa voix âpre.

— Je suis le caporal Esin.

— Ma mère s'appelle Elizabeta, lança-t-elle, puisque seul son nom lui importait en ce moment. Votre ami l'a retenue par le cou et vous avez menacé de la brûler vive. Et puis… je n'ai pas pu voir ce que vous avez fait d'elle.

Il caressa sa tête, apparemment distrait par ses boucles molles, alourdies par l'eau du bain.

— Je vous en prie, dites-moi qu'elle va bien,

murmura-t-elle, à la fois méfiante, fâchée et effrayée.

— Son visage a été marqué au fer en signe de trahison, répondit-il, clair et concis, en plongeant ses yeux marron dans les siens.

Ce fut comme un coup de couteau dans le cœur. Elle rejeta les mains qui avaient joué avec ses cheveux et eut l'audace de regarder haineusement le soldat qui l'avait arrachée à son foyer. Morgaine alla même jusqu'à cracher sur l'homme accroupi au bord de la baignoire.

Le caporal Esin essuya nonchalamment la salive sur sa joue.

— C'était la punition la plus clémente que je pouvais offrir. Vu son crime, elle aurait dû être exécutée… et non rémunérée généreusement pour les ennuis qu'elle a causés. Estime-toi heureuse qu'elle soit en vie et qu'elle dispose d'une petite fortune pour assurer son confort.

Morgaine sentit la moutarde lui monter au nez et se redressa pour siffler :

— Si je trouve un jour un moyen de vous marquer au fer pour les ennuis que vous nous avez causés, je n'hésiterai pas. Encore mieux, je préfère-rais vous tuer.

La menace de l'Oméga sembla lui couper le sifflet. L'Alpha perdit son sourire et se renfrogna.

— Si tu continues à parler ainsi, je serai forcé d'agir, et le résultat ne te plaira pas.

Morgaine était si tentée de lui hurler dessus, de le frapper, mais sa langue devint pâteuse, et elle ne put produire que des larmes de colère, silencieuses.

— Sors de la baignoire, dit-il en se relevant et en lui tendant la main.

Non seulement elle rechignait à l'idée de le toucher, mais elle ne supportait pas la pensée qu'il voie ses seins et son pubis. Elle secoua la tête et recula.

— C'est un ordre, Morgaine. Sors, pour pouvoir être séchée.

Elle déglutit, et son regard afficha l'étendue de son appréhension et de son humiliation.

— Ce n'est pas bien que vous demandiez une telle chose ou que vous me regardiez comme ça.

— Parce que tu es nue ?

— Et parce que vous ronronnez, ajouta-t-elle en opinant. Le ronronnement n'est produit que lorsqu'un mâle est… intéressé. Je ne veux pas…

— Être sautée, termina-t-il à sa place.

Avant cette journée horrible, elle n'avait jamais entendu le sexe être décrit ainsi. *Sauter*, culbuter, violer – son esprit se remplit d'images de ce qui était arrivé à l'Oméga dans la projection… Les corps qui se trémoussaient… Les cris.

S'il essayait de lui faire une telle chose, elle en mourrait.

— On ne m'a pas donné l'autorisation de te pénétrer aujourd'hui, reprit-il en tendant davantage la main.

Si le caporal Esin avait cru la rassurer en disant ça, il s'était fourré le doigt dans l'œil. Morgaine ne savait pas ce que sous-entendait cette déclaration, mais elle n'était pas du tout réconfortante.

— Aujourd'hui ?

— Il y a beaucoup de choses à expliquer, et je refuse d'avoir cette conversation pendant que tu dégoulines et que tu frissonnes. Sors de la baignoire, ou je viendrai te chercher.

Quelle dignité lui resterait-il si elle se laissait traîner hors de là comme une enfant ? Aucune. Il ne lui en resterait aucune.

Elle rompit leur contact visuel et se tourna vers le mur. D'un bras, elle couvrit sa poitrine, son pubis de l'autre, puis elle essaya de retenir une grimace quand il posa les mains sur elle pour l'aider à monter les marches.

Après l'avoir positionnée sur un genre de tapis absorbant, il extirpa une étoffe plus douce que les tissages les plus fins que sa mère ait jamais produits. Esin commença par ses joues, tamponna ses larmes, déplaça ses mains immenses habilement, prudemment… jusqu'à atteindre ses seins.

Elle refusa de bouger son bras.

Bien plus fort qu'elle, il saisit son poignet et la força à l'éloigner de sa poitrine.

Tous les muscles de son corps se raidirent. Le bras qu'il retenait trembla, sa respiration devint superficielle, et elle se prépara à appeler à l'aide.

Il ronronna de plus belle en détaillant du regard la courbe généreuse de sa poitrine.

— Tu es très jolie, renégate.

Oubliant la serviette, il soupesa son sein droit. Ses doigts tripotèrent et explorèrent, et son pouce tourna résolument autour de son téton.

Quand il vit la chair rose pointer, sa respiration se fit sifflante, sa voix rauque d'excitation :

— Dis-moi, est-ce qu'un autre homme t'a déjà touchée comme ça ?

Il y avait bien eu quelques caresses de la part des garçons du village, quelques baisers volés, mais aucun n'aurait osé toucher ses seins. Le fait que cet étranger ne s'en privait pas, qu'il la retenait captive par un bras, était terriblement gênant.

— Vous voulez dire sans permission ?

Le coin de sa bouche se releva. Il n'était pas du tout honteux.

— Ton examen préliminaire a montré que ton hymen était partiellement déchiré. Il a été retiré pour ton bien…

— Quoi ? s'écria-t-elle, la mâchoire décrochée,

en détournant les yeux du trou qu'elle vrillait dans le mur.

— Ici, dit-il en approchant la serviette de son mont de Vénus, puis en tapotant l'endroit où elle serrait les cuisses, comme pour lui bloquer la vue. Ton hymen.

Elle savait ce qu'était un hymen. Ce qu'elle n'arrivait pas à croire, c'était qu'un inconnu ait examiné son entrejambe de si près qu'il avait pu le voir.

Ses joues s'empourprèrent d'un mélange de fureur et d'embarras. Alors qu'elle cherchait quelque chose qui méritait d'être crié, les questions de l'Alpha la réduisirent au silence.

— Est-ce que tu t'es touchée ici ? As-tu enfoncé tes doigts dans ton corps ? As-tu utilisé un appareil pour te stimuler ? Ou est-ce que ce sont les attentions d'un Bêta qui ont endommagé la membrane ?

— Mais ça ne vous regarde pas !

— Bien sûr que ça me regarde.

Il était hors de question qu'elle tolère ça. Se sentant humiliée, Morgaine renifla et fit de son mieux pour sembler aussi peu désirable que possible.

— J'ai couché avec beaucoup de garçons du village.

— Des garçons ? sourit Esin, comme si sa réponse l'amusait. Pas des hommes ?

— Euh... Je voulais dire des hommes. Beaucoup d'hommes.

— Tu mens, gloussa-t-il en reluquant son corps et en indiquant la rougeur qui s'étendait sur sa poitrine. Tu n'as jamais couché avec un garçon *ou même un homme...* sans parler de beaucoup. Ce sont tes propres doigts qui ont fait ces dégâts. Soit ça, soit ton âge l'a amincie en vue de tes premières chaleurs.

Bien sûr qu'elle avait exploré cette partie de son corps dans le noir, mais uniquement à quelques reprises, quand sa mère s'absentait de leur chaumière à une seule pièce. Et cette brute avait l'audace de se moquer d'elle ?

— Comment vous sentiriez-vous, si je vous posais des questions intimes sur votre corps ?

Le regard de braise, Esin se lécha les lèvres.

— Tu peux me demander tout ce que tu veux. Tout, insista-t-il en s'approchant, lâchant la serviette pour empoigner le creux de sa taille. Demande à voir mon corps. Demande à me toucher.

Il l'attira tout contre lui et commença à se frotter contre sa chair refroidie. Ses muscles durs, l'étoffe inconnue... l'odeur du mâle. Morgaine ne put le repousser, le fuir ou même trouver les mots pour protester.

— Là, je suis dur et pressé d'être en toi, gronda-t-il dans son oreille. Je sais que tu peux me sentir.

Tu renifles l'air depuis que je suis entré dans cette pièce. Tout comme je peux te sentir. Mon excitation te rend nerveuse, renégate vierge.

L'entendant parler ainsi, elle s'efforça de repousser son ventre, mais ne put s'empêcher de voir qu'entre ses hanches, le tissu de son pantalon formait une tente. Dessous se dessinait le relief d'une érection bien plus colossale que toutes celles qu'elle avait vues lors de la mutilation d'Esmeralda.

— Il n'y a qu'un moyen de surmonter ta peur, dit-il d'un ton grave, prometteur. Dès que j'obtiendrai la permission de te baiser, je jure que je nouerai en toi si fort que tu n'adoreras que moi. Je pomperai ma semence dans ton ventre quand tu jouiras. *Je* serai celui qui te montrera ce que c'est, de s'accoupler avec un Alpha.

Extrêmement mal à l'aise, et ne sachant pas très bien de quoi il voulait parler, même s'il était clair qu'elle n'en voulait pas, Morgaine se mit à gesticuler.

Un grognement bestial franchit les lèvres du mâle.

La crampe qu'elle sentit aussitôt entre ses cuisses… Elle se figea de terreur. Un petit écoulement ruissela hors de son corps et tout doucement le long de sa cuisse.

Esin dilata ses narines et inspira, puis l'attira encore plus près de lui par son poignet emprisonné. Il passa son bras épais dans son dos et la plaqua contre lui en haletant :

— On m'a autorisé à te toucher.

— Je vous en prie… Lâchez-moi, gronda-t-elle en essayant de le repousser, en vain.

Il la dévora d'un regard victorieux et avide, avant de lâcher crûment :

— Écarte les jambes pour moi, et je lécherai ta douce petite chatte. Donne-moi un avant-goût, et je te ferai jouir.

— Arrêtez ! hurla-t-elle en sentant ses doigts descendre.

— Alors tu me toucheras.

Brutalement, il posa de force sa main sur cette excroissance dure, saillante, qu'il avait frottée contre son ventre. Il referma ses doigts autour de son érection et l'obligea à les baisser et à les remonter. Encore et encore, tandis qu'il poussait des grognements salaces et se servait de sa main pour son plaisir.

— Tu sens cette queue dure d'Alpha ? Tu veux la sentir palpiter en toi ?

Même à travers le tissu, Morgaine put sentir la forme de son organe et se retint de vomir.

— Je ne veux pas. Lâchez-moi, espèce de brute !

— Bien sûr que tu le veux. Je peux le sentir.

L'homme ignora ses plaintes, ses gesticulations et ses larmes, et poussa un rugissement. Il se déhancha contre sa main, et l'étoffe s'humidifia. Il retroussa les babines et siffla.

Approcha les dents de son épaule, il grogna comme un loup enragé et était sur le point de mordre la femme terrifiée quand une voix tonna depuis l'autre bout de la pièce.

— Ça suffit, Caporal Esin. Écartez-vous de l'Oméga. Maintenant.

Son agresseur se figea. Pas de peur, mais de colère. Morgaine put le voir dans les yeux d'Esin. La pensée de défier son supérieur, la tentation de déchaîner sa violence face à cette intrusion…

Un liquide chaud continua à gicler sur le tissu détrempé et dégoulina entre ses doigts.

Voyant qu'Esin refusait d'obéir, le sergent Uriel aboya un rappel à l'ordre.

— Votre prétention ne vaudra plus si vous brisez le code. Alors reprenez-vous et obéissez aux ordres.

Le caporal prit une longue inspiration tremblante. Il baissa les yeux entre leurs deux corps et se pâma à la vue de sa petite main piégée autour de sa queue.

— Puis-je en imprégner sa peau ? gronda-t-il.

Quoi ? Morgaine secoua la tête, mais la question ne lui était pas adressée.

— Non, vous ne pouvez pas.

Esin capitula et lui lança un dernier regard lubrique avant d'avoir l'audace de l'embrasser sur le front. Il relâcha son poignet, recula et obéit à contre-cœur à son supérieur.

— La prochaine fois, j'aurai mon avant-goût. Mes excuses, Sergent. Elle sent vraiment trop bon.

Avec un dernier sourire chargé d'espoir, Esin ramassa la serviette abandonnée et sortit.

5
———

Le mur s'ouvrit, Esin battit en retraite, puis le satané mécanisme se referma comme si le passage n'avait jamais existé. La surface lisse était de retour… aussi polie que du verre. Morgaine pouvait même voir son reflet nu, ahuri – ses cheveux humides qui lui collaient à la peau, sa poitrine rougie, ses yeux fous.

Elle observa le reflet comme si c'était celui de quelqu'un d'autre. Puis elle agita la main pour la débarrasser du liquide chaud qui en gouttait.

— Il a emporté la serviette, marmonna-t-elle, sous le choc. Je n'ai pas de serviette.

— Je t'ai apporté des vêtements. Viens, dit le sergent Uriel, son ton légèrement enjôleur et paternel, en lui indiquant l'endroit au sol où il attendait qu'elle se tienne.

Morgaine détourna son attention du mur, les lèvres tremblantes, se sentant complètement trahie.

— Qu'est-ce qui vient de se passer ?

— Tu lui as donné du soulagement, répondit-il, très direct.

Elle ne lui avait rien donné du tout. Esin s'était contenté de prendre. Et, à présent, elle puait ce truc qui avait suppuré de son… Elle ne voulait même pas connaître le mot pour cette chose.

Que lui aurait-il fait, si le sergent Uriel n'était pas intervenu ? Secouée, elle croisa le regard de l'homme plus âgé.

— Esin a dit qu'il n'était pas autorisé à me pénétrer *aujourd'hui*. C'est vous qui décidez quand il pourra me violer ?

— Ce ne sera pas du viol, rétorqua le sergent en se mettant à ronronner.

La vibration magique la força à expirer douloureusement tout l'air de ses poumons. Une sensation de vide s'accrut derrière son sternum.

— Autant que ça se termine maintenant, alors. Tout ceci, je veux que ce soit derrière moi, dit-elle en pleurant pour de bon, la voix plus tremblante que ses doigts gluants et trempés. Rappelez-le et laissez-le en finir. Je garderai les yeux fermés. Après, tuez-moi.

Le sergent Uriel ne la pressa pas de s'approcher. À la place, il traversa la pièce pour la rejoindre.

— Personne ne va te tuer. Comme je te l'ai déjà dit, tu es en sécurité ici.

Ce mot devait avoir un tout autre sens dans cet endroit.

— En sécurité ? Il vient de… sur ma main, bégaya-t-elle, incapable de s'exprimer clairement.

— Oméga, l'Alpha ne t'a fait aucun mal. Son comportement était parfaitement acceptable vu ton excitation sexuelle.

— Je lui ai demandé d'arrêter, bafouilla-t-elle, abasourdie.

— Tes organes génitaux ont réagi. L'odeur de la cyprine est sans ambiguïté. Ton esprit doit être formé à reconnaître ce que ton corps sait déjà.

— Et qu'est-ce que mon corps sait ? renifla Morgaine, les bras autour de la taille, en tremblant comme une feuille.

— Que tu existes pour te soumettre. Que ton obéissance t'apportera joie et plaisir. Que les Alphas sont les seuls mâles capables de te soulager correctement.

Qu'aurait pensé sa mère si elle avait pu voir la scène ? La douce femme aurait été horrifiée. Les femmes de son village n'auraient jamais été abusées de cette manière.

Honteuse jusqu'à l'os, elle regarda de nouveau sa main couverte de sécrétions.

— Je dois rincer ce truc.

— Ce ne sera pas nécessaire. Ce serait même offensant pour l'Alpha qui t'a offert son odeur. Maintenant, reste tranquille pendant que je te vêts.

Drapé sur le bras du sergent Uriel, le tissu bleu roi avait la même couleur que les yeux de Morgaine. Il le passa par-dessus sa tête et arrangea le long pan de tissu autour de sa gorge. L'habit dénudait son dos, et les extrémités se contentaient d'emmailloter ses seins. Autour de sa taille, il noua et entortilla les deux autres extrémités en prenant son temps, jusqu'à ce qu'un pan couvre son sexe, tandis que l'autre drapait à peine son derrière.

Il n'y avait aucune modestie dans un tel vêtement. Chaque courbe, chaque zone de chair secrète serait révélée à la moindre inspiration.

— Toutes les Omégas en âge de se reproduire portent une telle robe. Le rang et le titre de ton partenaire sera brodé sur la partie postérieure. Et ici, dit-il en indiquant le bout de tissu qui couvrait son pubis. Si un autre Alpha te voit, il saura à qui tu appartiens.

« Les pans qui couvrent ta poitrine peuvent être écartés pour exposer tes seins aux yeux de ton partenaire. Un jour, ils faciliteront l'allaitement d'un nouveau-né. Sous la taille, rien de constrictif ne viendra entraver le plaisir mutuel. Quand tu seras excitée, ta cyprine saturera tes cuisses, pas le tissu.

Le vêtement peut facilement être retiré pour l'accouplement. »

Cyprine... encore ce mot.

— Cyprine ?

Comme pour démontrer la facilité d'accès qu'accordait cette tenue, le sergent Uriel glissa la main sous le pan avant et recueillit abruptement le reste des sécrétions qui couvraient l'intérieur de ses cuisses. Il alla même jusqu'à lever ses doigts devant ses yeux, afin qu'elle puisse voir le liquide gluant sur le gras de ses doigts.

— Cyprine. J'imagine que tu comprends sa raison d'être ?

Plus mortifiée qu'elle ne l'aurait cru possible, Morgaine sentit ses joues chauffer.

L'imbécile eut le culot de paraître légèrement amusé.

— Les Omégas réagissent aux avances des Alphas en préparant leur corps pour un accouplement vigoureux. C'est alors que la cyprine est sécrétée. Les Alphas, à leur tour, entrent en rut. Tes phéromones exigent qu'ils te remplissent de leur semence. Le caporal t'a donné cette semence. Au lieu de repousser son offrande, tu aurais dû la frotter entre tes cuisses ou sur tes seins. La prochaine fois, ne répète pas la même erreur.

C'était de la folie ! Elle se laissa tomber à

genoux et agrippa les jambes d'Uriel pour demander grâce.

— Si je pouvais avoir une vraie robe, une robe modeste, il ne verrait pas la cyprine. Il ne voudrait pas toucher…

Le sergent ignora ses protestations et l'attrapa par le bras. Morgaine se releva en chancelant. En réponse à ses jérémiades, il tira sur le tissu au niveau de sa taille. Le nœud se défit, et le vêtement commença à tomber par terre.

— Ceci est une vraie robe. Mais si tu n'en veux pas…

Elle la rattrapa par un bord avant que ses tétons ne soient à l'air et la serra contre sa poitrine. Elle commença à reculer, comme si le sergent était soudain plus menaçant qu'Esin.

— Non… Je la veux.

Leurs regards se croisèrent. Uriel cessa de ronronner, comme s'il voulait lui faire comprendre ce qui était en jeu si elle faisait la difficile.

— Alors obéis et sois sage.

Sinon, tu auras droit à une autre leçon.

— Retourne là où tu étais debout, dit-il en claquant des doigts et en indiquant un endroit devant lui. C'est le seul avertissement que je vais te donner. Je ne veux plus te voir reculer devant moi.

Elle avança lentement, voûtée comme une

poupée brisée, et laissa l'homme poser les mains où il le voulait.

Contrairement à Esin, Uriel ne semblait pas vouloir tordre ses tétons ou tripoter son derrière. Ses mouvements étaient brusques, son objectif simple : lui enseigner comment enfiler une *vraie robe*.

Quand le vêtement bleu scandaleux eut repris sa place, il lança :

— Tu as des questions, Morgaine, et je t'encourage à les poser. Mon rôle est d'y répondre aussi clairement et honnêtement que possible. Ce qui va suivre sera difficile pour toi si tu ne prends pas cette opportunité à cœur. Souviens-t'en. Ne perds pas ton temps à piquer une crise.

— Ce qui va suivre ?

Pénétration ? Subjugation ? Humiliation ? Ces monstres, qu'avaient-ils d'autre en réserve pour elle ? Piquer une crise semblait une réaction naturelle.

— Je vais te préparer une assiette de nourriture, dit-il en l'emmenant par le coude vers la table sur laquelle elle s'était vidé l'estomac. Pendant que tu mangeras, nous pourrons parler.

Morgaine s'assit où il le lui indiqua et essaya que cette robe couvre autant de peau que possible.

Le sergent Uriel couvrit le vomi sur la table avec une serviette, puis sélectionna quelques aliments de choix pour lui préparer une assiette de pain et de noix. Quand il l'eut placée devant elle, il hocha la tête pour l'enjoindre de manger.

— En présence du caporal Esin, de la cyprine s'est écoulée de ta chatte. Ce qui a suivi t'a bouleversée.

Chatte ? C'était sans doute le mot le plus vulgaire qu'elle ait jamais entendu. Personne ne disait ça nonchalamment tout en essuyant du vomi refroidi avec une serviette en soie.

Alors, elle garda la bouche close et les yeux sur son assiette.

Son silence semblait être ce que désirait le sergent Uriel. Comme s'il voulait récompenser sa retenue, un doux ronronnement emplit l'air.

— La transition n'est difficile que dans la mesure où tu résistes.

Elle hocha la tête en picorant un bout de pain.

Elle n'était réveillée que depuis quelques heures. De nombreuses choses avaient été dites, la plupart qui dépassaient son entendement. Il y avait eu des mots lancés qu'elle n'avait jamais entendus, des insinuations, des attentes… Rien de clair. Elle osa lever les yeux de son assiette pour croiser ceux du sergent.

— Pourquoi suis-je ici, si ce n'est pas pour être punie ?

— Mange trois bouchées.

Il attendit qu'elle obéisse, stoïque, mais sans

cesser de ronronner. Quand elle eut avalé sa dernière bouchée, il ajouta :

— Tu es ici pour devenir entière.

Il la rattrapa par le bras et la mena au centre de la pièce. Il la fit asseoir sur un banc face à la vue sur la forêt.

— Garde les yeux sur le mur. Quand je reviendrai, nous discuterons de ce que tu as appris. Ne me force pas à décrire ce qui arrivera si tu désobéis.

SES CHEVEUX ÉTAIENT SECS, sa peau séchée, mais le coussin sous son derrière était saturé de ces sécrétions visqueuses, dégoûtantes. Des petites mares s'étaient formées sur le sol, là où le liquide avait goutté du banc ou s'était écoulé en ruisselets le long de ses mollets et ses pieds nus.

L'air de la pièce était saturé d'un parfum étrangement sucré.

Sa cyprine, comme le sergent Uriel l'avait appelée, épiçait chaque inspiration.

Elle avait beau prier pour que cet épanchement cesse, elle ne pouvait l'empêcher de couler.

Elle avait tout fait pour l'arrêter. Replier le pan avant de sa robe et le presser entre ses cuisses n'avait pas aidé. Le tissu à présent détrempé collait à sa peau d'une manière qui lui donnait envie de le retirer tout à fait.

Sa peau la démangeait partout où la robe bleue collait, à tel point que si elle avait été de retour dans sa chaumière, elle aurait arraché cette horreur et laissé l'air caresser sa peau nue.

Morgaine comprenait d'où lui venaient ces sensations et ces pensées contre nature. C'était à cause du mur devant elle, de nouveau animé d'images provocantes.

On lui avait demandé de rester assise et de faire bien attention.

Les choses exposées étaient de nature vulgaire, bien qu'elle ne puisse rien voir d'autre que l'expression de la jolie fille et les muscles dorsaux bandés du mâle qui la plaquait sous son poids. C'étaient plutôt les grognements lascifs et les grondements sauvages de l'homme qui ruait, encore et encore, qui racontaient l'histoire. Tous les sons qui émanaient de l'Alpha invisible étaient obscènes, et le volume avait été monté pour résonner dans toute la pièce. L'Oméga projetée sur le mur… Ses gémissements empressés et ses cris de plaisir étaient encore plus sonores.

Comme ceux d'Esmeralda, les iris de la femelle sans nom avaient été complètement évincés par une pupille noire. Sauf que cette fois, Morgaine avait vu la transformation entre l'innocente aux yeux de miel et cette… Elle ne savait même pas comment appeler cette dévergondée. Putain ?

Le mâle l'avait appelée partenaire. Puis il avait grogné jusqu'à ce que la femme se mette pratiquement à baver.

Ce bruit ne lui avait inspiré aucun désir. Le grognement de l'Alpha avait été bestial et dangereux, similaire au grognement grave qu'Esin avait poussé quand il l'avait tripotée plus tôt.

Elle avait détesté l'entendre… Cependant, malgré elle, un nouvel écoulement de cyprine avait réchauffé l'intérieur de ses cuisses.

Quand l'Alpha à l'écran avait plaqué sa *partenaire* par terre, Morgaine n'avait pas pu voir ce qui avait fait couiner la fille. Elle ne pouvait voir que l'expression de l'Oméga, la respiration qu'elle avait retenue à la première ruade brutale.

La bête l'avait abusée violemment et pendant une période prolongée, jusqu'à ce que la fille s'époumone, avide de soulagement… Au point que Morgaine avait enfoncé ses ongles dans ses paumes en anticipation de cette chose, que les filles de son village s'étaient murmurées.

Et puis le rugissement !

Il avait ébranlé les murs, ébranlé Morgaine, et son entrejambe s'était mis à se contracter dans le vide.

Elle avait même geint. Ses tétons s'étaient durcis au point de faire mal.

— Il noue en elle à présent. La base de son membre se dilate dans son corps tandis qu'il éjacule.

Distraite par les images salaces, par la chair qui pulsait et s'engorgeait entre ses cuisses, par l'envie de frotter ses seins qui la démangeaient, elle n'avait pas entendu le sergent Uriel entrer. Les yeux écarquillés, elle jeta un regard par-dessus son épaule, gênée qu'il la voie dans cet état.

Il n'y avait aucun moyen de cacher son bassin trempé, les mares de sécrétions, l'endroit où ses mains s'étaient baladées… l'odeur.

L'odeur ? Oui, un parfum réellement délicieux. Ses narines se dilatèrent, et elle inspira profondément. Du musc… de la peau richement épicée. De la sueur.

Comme une femme affamée, elle ferma les yeux en savourant le goût sur sa langue.

— Si tu pouvais te voir en ce moment-même, Morgaine, tu verrais que tes yeux reflètent ceux de l'Oméga dans la projection. Tes pupilles sont dilatées, ta chatte s'est ouverte et sécrète de la cyprine. Ces deux réactions incitent les Alphas à entrer en rut. Si tu étais en chaleur, comme l'Oméga à l'écran, ton état serait aggravé, et tu prierais n'importe quel mâle de soulager ton excitation. Tu serais incapable de te retenir.

— En chaleur ?

Il hocha la tête.

— C'est à cause de chaleurs non contrôlées qu'Esmeralda et tous les villageois sont morts. Les phéromones émises par son corps ont instigué un rut auquel les mâles Bêtas n'ont pas pu résister. Elle en est morte. Eux aussi. Tout le monde a souffert. Cela dit, dans un environnement contrôlé, aux mains d'un Alpha expérimenté, les chaleurs apportent un immense plaisir.

Le regard vitreux, Morgaine se lécha les lèvres sans s'en rendre compte, même si elle n'était pas d'accord.

— Je ne prierais jamais personne de me faire une telle chose.

Le coin de la bouche du sergent se releva, et les pattes d'oie autour de ses yeux la charmèrent.

— Ton orgueil est quelque chose, jeune fille. Il a attiré l'attention de plusieurs Alphas et complique l'arbitrage. Plusieurs te désirent comme partenaire.

Partenaire ?

Comme le mâle sur le mur ? Celui qui plaquait l'Oméga déchaînée sous lui et la faisait couiner ?

Cette simple pensée alourdit ses seins, qui se mirent à tirer. Sans réfléchir, elle leva les mains pour les soulager. Ce ne fut que lorsqu'elle malaxa la chair que l'inconvenance de son geste la frappa. Surprise en train de se tripoter devant cet... Alpha.

Elle cilla, sortit de sa transe et, honteuse, posa une main sur sa bouche.

— Je ne suis pas offensé par ton intérêt, dit-il pour essayer de la calmer. Tu as réagi à l'exercice exactement comme tu étais censée le faire. Et, si tu souhaites prendre part à des ébats, je peux t'envoyer un Alpha adapté pour te guider de la stimulation sexuelle à l'orgasme.

Pour être maltraitée et abusée comme l'Oméga qu'elle avait vue sur le mur ? Cette simple pensée fit se contracter sa chatte avec une telle intensité que du liquide s'écoula entre ses jambes et éclaboussa le sol.

Jamais les attentions d'un Bêta ne lui avaient inspiré une telle concupiscence.

Et concupiscence, c'en était bien.

C'était de l'amour qui était requis, et non cette sensation vide, creuse, qui, quand on s'y abandonnait, vous souillait.

L'amour était la raison pour laquelle les femmes de sa colonie se donnaient beaucoup de mal pour conserver leur modestie. Les prétendants ne devaient pas se laisser tenter par leur corps, mais par leurs actions et leur esprit.

Mais elle était très certainement en proie à la luxure. Tout ça rien qu'en regardant une projection d'un couple en train de grogner sur un mur.

Et elle ne les avait même pas vus s'accoupler… seulement le dos de l'Alpha et le visage de l'Oméga.

Peut-être son horrible voisine avait-elle raison. Elle était une traînée.

Elle détourna les yeux de l'Alpha et les posa sur le festin de fourrures dans le lit enfoncé. Un murmure de douceur contre sa peau, pour refroidir ces horribles bouffées de chaleur. Elle pourrait ramper dans le nid, s'y rouler et paresser comme un chat. Y trouver ce dont elle avait besoin.

— Un Alpha expérimenté attend derrière la porte, Morgaine, ronronna Uriel d'une voix de velours. Et si je le laissais entrer ?

Un étranger dans une pièce étrange, qui la toucherait dans cet étrange lit enfoncé, saturé par l'odeur de nombreux mâles ? Elle ignorait pourquoi cette pensée lui semblait délicieuse.

— Il pourrait y avoir plus d'un Alpha. Aimerais-tu tester ceux qui ont la plus haute prétention sur toi ? Ils te gâteraient.

Plusieurs mâles ?

Esmeralda était morte de manière atroce, atta-quée par plusieurs mâles. Son meurtre avait été triste et effrayant.

La peur la dégrisa.

Comme s'il avait remarqué le changement, Uriel accrut son ronronnement.

— Ils seraient doux, Morgaine. Excessivement prudents.

Esin n'avait pas été doux quand il l'avait saisie par le bras et l'avait éloigné de ses seins. Il n'avait pas été doux quand il avait enveloppé ses doigts autour de sa queue et tiré son poignet de bas en haut, sèchement.

S'étaient-ils montrés excessivement prudents quand ils avaient retenu sa mère par le cou ? Et quand ils avaient marqué au fer le visage de cette femme douce ? Les Alphas avaient-ils été prudents ?

Toute cette situation était absurde.

En l'espace d'une seule journée, elle s'était réveillée terrorisée, avait visionné une mort atroce, avait été tripotée par un mâle qu'elle méprisait, maîtrisée et couverte de sperme. Sa vie était entre les mains de soldats Alphas qu'elle ne pouvait pas voir – des hommes qui manipulaient cette pièce dans laquelle ils l'avaient piégée, pour la faire plier à leur volonté. Elle n'avait pas voix au chapitre. À la place, ils lui avaient dit qu'elle désirerait tout ce qu'ils avaient prévu pour elle. Et puis, elle était devenue follement excitée par de simples images projetées sur un mur.

Ça ne lui ressemblait pas. Sa réputation avait été excellente dans sa colonie. Morgaine était une fille sensée, capable de tisser presque aussi finement que sa mère.

Sa mère… qui se retrouvait seule dans leur chaumière. Qu'elle ne reverrait plus jamais. Une projection abracadabrante sur un mur ne suffirait pas à soulager sa peine de cœur.

L'excitation sexuelle se mua en désespoir, et tous deux perçurent le changement dans son odeur.

— Je parie qu'elle est assise sur mon lit, en ce moment, et qu'elle pleure contre mon oreiller, marmonna Morgaine, dépitée. Et, contrairement à moi, ça m'étonnerait qu'elle ait mangé quoi que ce soit aujourd'hui. Ce qui s'est passé la détruira, et je ne peux rien faire à part m'asseoir ici et *obéir*.

— La Bêta a été généreusement dédommagée pour sa belle Oméga. Elle n'aura plus jamais à travailler… Elle pourrait même avoir assez d'argent pour tenter un colon de la prendre pour épouse. Elle pourrait avoir d'autres enfants, des enfants Bêtas qu'elle pourrait garder.

Morgaine renifla tout haut.

— Les Alphas ont ruiné son avenir il y a déjà longtemps. Aucun villageois ne voulait d'elle. C'était déjà le comble de la malchance que l'un d'entre vous m'ait mise dans son ventre, mais qu'un autre Alpha m'arrache à elle ! J'étais tout pour elle… Et vous avez brûlé son visage parce qu'elle essayait de me protéger du même sort que celui qui lui a été imposé.

Uriel plissa les yeux en jaugeant les mots, le

langage corporel et la colère de l'Oméga. Il resta étrangement silencieux.

— Vous ne le saviez pas ? lança-t-elle, furieuse de ce qui lui avait été fait, de ce qui avait été fait à sa mère, consciente qu'il n'y avait aucun moyen d'arranger les choses. Votre code vous interdit d'abuser des femmes Bêtas quand vous venez nous piller ? Vous ne *sautez* que des Omégas ? cracha-t-elle avec mépris.

— Si ce que tu dis est confirmé, l'Alpha en question fera face à une sévère punition, répondit-il d'un ton égal, malgré sa grossièreté. Les Bêtas sont nos protégés. Nous nous assurons qu'ils ne soient jamais victimes de maladies, de famine et de la guerre. Les Alphas conçoivent, approvisionnent et protègent leur éden. En échange, nous prenons ce qui nous revient.

— Protéger de quoi ? siffla-t-elle en le montrant du doigt, dédaigneuse. La seule chose que nous avons à craindre, c'est vous.

Ses paroles déclenchèrent la colère musquée de l'Alpha.

— Tu n'imagines pas les dangers de cet univers, gronda le sergent Uriel en grinçant des dents. Je ne peux pas dénombrer le nombre d'Alphas qui ont sacrifié leur vie pour que vous prospériez en paix. Il y a des guerres, toujours des guerres, dont toi, ta mère et ton peuple, ont été protégés. Sois reconnaissante, et réfléchis à pourquoi nous cueillons les Omégas quand elles sont toujours jeunes. L'amour que tu ressens pour ta mère a été volé. Il a été volé à ton futur partenaire. Il n'appartient qu'à lui, et il t'aidera à le comprendre.

— Alors je le hais déjà.

Morgaine tourna la tête pour congédier l'intrus et se força à regarder l'extase des deux amants, en ignorant la cyprine qui s'était remise à couler le long de sa cuisse.

6

Morgaine retroussa le nez et reprit sa rébellion silencieuse. Une nuit était passée dans cette pièce anormale. Elle avait reçu des instructions claires sur où et comment elle devait dormir. Se reposer en dehors du nid serait considéré comme de l'insubordination.

Ils lui avaient laissé peu de choix en la matière.

Après le dîner, le sergent Uriel lui avait enlevé sa robe de force et l'avait laissée par terre, nue, en train de hurler.

— La nudité n'a rien de honteux, jeune fille, avait-il dit en se tenant au-dessus d'elle, immense, sévère et peu impressionné par ses larmes. Tu es belle. Ton partenaire retirera un grand plaisir de te voir ainsi.

Les tibias par terre, le front baissé entre ses

genoux, Morgaine s'était pris le crâne à deux mains. Elle refusait qu'on la bouge, refusait de laisser un autre mâle la voir dénudée. Roulée dans une boule de rage, elle vomit un torrent d'insultes si déplacées que même sa douce mère l'aurait punie d'une gifle.

— Je ne peux pas t'autoriser à garder la robe et nourrir de faux-espoirs quant à ce qui t'attend quand tu seras appariée. Tu es ici pour apprendre. Ni les Omégas ni les Alphas ne dorment habillés dans leur nid. C'est contre nature.

Il semblait si calme, si posé, qu'elle n'en fut que plus énervée. La femme épuisée refusait de comprendre.

— Je vous hais, tous ! SORTEZ D'ICI !

Le sermon continua, comme si elle était assise bien sagement devant lui, et pas en pleine crise d'hystérie à ses pieds.

— De nombreuses Omégas trouvent plus confortable de rester nues les premières années de leur appariement. En plus d'être plus pratique, faire la belle pour son Alpha est considéré comme un signe d'affection.

Ses cris se muèrent en fureur silencieuse.

— Maintenant, va dormir. *Dans le nid.* Tu vas t'y enfouir et utiliser les fourrures pour te réchauffer.

Lorsqu'elle refusa de bouger, le sergent interrompit son ronronnement et prit un ton menaçant.

— Si tu refuses le confort de ton nid, les conséquences seront sévères et douloureuses. Je ne te lais-
serai pas te faire du mal simplement parce que tu as
l'esprit de contradiction.

— Si vous mettez ne serait-ce qu'un doigt sur
moi, je vous mords ! siffla Morgaine d'une voix
rauque en sentant qu'il était sur le point de se
baisser vers elle.

— Voilà une menace qu'il est très mal avisé de
lancer à un Alpha, la réprimanda-t-il en posant la
main entre ses omoplates, ferme quand elle tres-
saillit. Une morsure d'Oméga est un grand plaisir.
Cependant, ma partenaire serait très jalouse si je
revenais avec les marques de tes dents sur ma chair.

Et ce soupçon de moquerie suffit à dissiper ce
qu'il lui restait de raison.

Même ses dents ne pouvaient pas les menacer.
Elle n'avait rien. Aucun moyen de quitter leur vaisseau. Aucune idée de l'endroit où elle se trouvait
dans l'univers. Elle ne comprenait même pas
comment ce mur se transformait en porte.

Assise par terre, les bras autour de ses genoux,
elle assimila lentement sa nouvelle réalité.

Ils pouvaient faire d'elle tout ce qu'ils
voulaient… et ils ne s'en priveraient pas.

Ils allaient lui donner des vêtements pour ensuite
les lui reprendre. Ils allaient se servir de ses mains
pour se donner du plaisir. Ils allaient la violer.

Cette acceptation froide ne s'accompagna ni d'une fureur soudaine, ni d'un désir de griffer sauvagement son visage. À la place, elle se tassa, immobile et silencieuse, en regardant devant elle sans rien voir.

— Maintenant, va te coucher, Morgaine.

Repliée dans son esprit, elle ne cilla même pas.

Alors, il la traîna comme une enfant boudeuse jusqu'à la fosse. L'Oméga ne protesta pas quand il l'y allongea.

Elle n'offrit aucune réaction.

Il arrangea ses membres. Agenouillé à son chevet, il récupéra les fourrures et les assembla sur son corps pour la réchauffer. Le sergent Uriel utilisa même le plat de sa main pour fermer ses paupières sur ses yeux fixes.

— La transition est difficile dans la mesure où tu résistes, mon enfant.

Alors c'était *mon enfant*, maintenant ? Elle n'était plus *jeune fille* ? Ou *Oméga* ?

Pourquoi ne l'avait-il jamais appelée *femme* ?

Elle était en âge, possédait toutes les compétences qu'une femme de bonne réputation devait connaître. Plusieurs jeunes hommes de sa colonie lui avaient même fait la cour *comme il faut*. Tous avaient pris en compte son refus comme des hommes : avec dignité et bienveillance.

Même le fils obséquieux d'Hanna, Cassius, ne s'était morfondu que quelques jours.

Les mâles Alphas étaient puérils dans leurs demandes et leurs menaces, quand ils n'obtenaient pas ce qu'ils voulaient. D'un autre côté, c'était elle qui se recroquevillait sur les oreillers de la fosse comme une enfant mécontente.

Pas question qu'elle s'apitoie comme ça.

Combien de cycles douloureux avait-elle endurés à l'arrivée des Alphas ? Des dizaines. Elle avait supporté une souffrance atroce bien plus gracieusement que cette humiliation. Elle avait tenu. Elle avait survécu.

Elle n'était pas une enfant.

En reniflant, elle se rassit dans l'obscurité et poussa un soupir troublé.

La pièce était redevenue glaciale, et les fourrures nauséabondes étaient la seule source de chaleur. Elle en tritura une et passa distraitement les doigts sur la fourrure blanche.

Ils voulaient qu'elle dorme, mais ils ne pouvaient pas la forcer.

Ils pouvaient forcer son corps, mais pas faire plier son esprit.

Ils pouvaient tout lui arracher : vêtements, confort, sécurité… Mais son savoir et ses années d'expérience l'accompagneraient toujours — ses armes dans ce lieu sombre et froid. Et elle voulait qu'ils le sachent.

Aux petites heures, piégée dans cette pièce obscure et glacée qui empestait des hommes qu'elle n'avait jamais rencontrés, elle fit front.

Comme toutes les femmes travailleuses nées dans une colonie, elle savait comment écorcher, étirer et traiter les peaux de bêtes. Elle savait comment en affiner les bords pour les coudre et comment doubler les tenues d'hiver pour tenir chaud.

Hélas, coudre de la fourrure exigeait de bonnes aiguilles et un fil solide, deux choses dont elle ne disposait pas. Mais déchirer les bords des fourrures douces en bandes lui permettrait d'attacher deux pièces ensemble. Et, des pièces, elle en avait des quantités.

À la faveur de la nuit, elle travailla les bouts de fourrure en ignorant l'odeur qui chatouillait ses narines. Les heures passèrent, et ses doigts enflèrent et se raidirent à force de déchirer les peaux. Elle s'en moquait. Quand ses doigts se couvrirent de cloques, elle se servit de ses dents. Aussi appliquée qu'elle l'aurait été sur son métier à tisser, elle attrapa les fourrures au hasard, les déchira, les attacha, noua plusieurs sections en pans, jusqu'à ce qu'il y en ait suffisamment pour couvrir sa nudité. Plus vite elle travaillait, plus le travail était bâclé. En elle, la fatigue luttait contre le désespoir.

Au petit matin, quand le sergent Uriel franchit ce mur impossible, il la trouva vêtue d'un châle fait de bouts de peau, qu'elle était toujours occupée à nouer autour de son corps. Ses yeux injectés de sang n'étaient pas disposés à se lever de son travail pour reconnaître sa présence.

— Qu'est-ce que ça veut dire ?

La question de l'Alpha n'était pas agressive. Elle n'y sentit pas la menace d'une punition imminente. Il était simplement curieux.

Morgaine entrouvrit ses lèvres asséchées et marmonna tout haut, comme envoûtée. Il ne comprit que la fin de sa tirade :

— … Je ne suis pas une enfant.

— Repose-les, Morgaine.

Elle serra les bouts de fourrure contre sa poitrine, retroussa les babines et gronda. Le bourdonnement grave et erratique mettait en garde contre une bête acculée, prête à se faire du mal pour blesser l'autre.

— Vous m'avez dit de dormir sous les fourrures, l'accusa-t-elle.

Mais il était clair à ses yeux enfoncés, son teint cireux et ses cheveux hirsutes qu'elle n'avait pas dormi du tout. L'Alpha choisit de la dévisager sans s'approcher, à une distance respectueuse. L'Oméga recommença alors à déchirer et à attacher, déchirer et attacher, encore et encore, jusqu'à avoir assemblé toutes les pièces.

Lorsque la cape fut terminée, qu'il n'y eut plus de tâches pour ses mains rougies, il reprit la parole.

— Et que comptes-tu en faire, à présent ?

— Me réchauffer, répondit-elle en regardant droit devant elle, serrant la cape autour de son corps en ignorant la pestilence des Alphas.

Le sergent Uriel entra dans sa fosse, ses bottes renforcées déformant les oreillers, et la toisa du regard.

— Je t'ai ordonné de dormir.

Elle cligna des yeux, silencieuse et victorieuse.

— Or, tu as passé tes heures de sommeil à faire *ça*, s'énerva-t-il en indiquant sa cape, les sourcils froncés, son déplaisir évident. Tu pensais vraiment que je te laisserais la garder ? Que je ne verrais pas clair dans cet acte de rébellion ?

Elle soutint son regard froid en serrant davantage le vêtement.

— Du coup, tu n'auras pas droit à une robe quand le caporal Esin viendra faire ta toilette.

Pour une créature si petite et épuisée, elle fut remarquablement rapide lorsqu'elle détala de la fosse et fuit de l'autre côté de la pièce.

— Tu vas dénouer toutes ces pièces de fourrure que tu as endommagées par tes caprices, dit-il en la pourchassant, martelant le sol avec ses bottes, la voix curieusement douce. Chaque pièce, Morgaine.

Elle contourna la table, sa jupe en fourrure remontée dans ses mains, et l'évita de nouveau.

Elle ne gaspilla pas son souffle à argumenter, alors que ses jambes flageolaient et que ses bras la tiraient après des heures de travail. Elle se contenta de courir.

Mais il était tellement plus grand, un chasseur, un soldat, et elle n'était qu'une… *enfant* apeurée. Une enfant loin de sa colonie, sans aucun moyen d'y retourner, qui ne voulait rien d'autre au monde que retrouver sa mère.

Ce fut sa propre cape qui mit fin à ce jeu du chat et de la souris. Elle se prit les pieds dans un des pans et s'étala de tout son long. Son menton heurta le sol si violemment qu'elle en perdit connaissance.

Elle voyait toujours trente-six chandelles quand le sergent Uriel la retourna en jurant. Il la plaqua contre le sol glacé, même si elle était bien trop faible pour lutter. Que ce soit à cause du manque d'air causé par sa botte ou des heures d'anxiété excessive, Morgaine tomba dans un sommeil douloureux qui ne lui apporta aucun repos.

Lorsqu'elle se réveilla, elle était de retour dans la fosse, et le caporal Esin était à moitié habillé à côté d'elle, en train de dénouer sa cape un nœud à la fois.

Torse nu, il ne semblait pas du tout ravi par la tâche de la dénuder. Au contraire, il croisa son regard et lui laissa voir l'étendue de sa peine.

— Tu n'aurais pas dû faire ça, renégate.

Elle essaya de s'éloigner, de lui tourner le dos, mais sa jambe était coincée sous sa lourde cuisse.

— Le silence ne facilitera pas les choses.

Sa mâchoire l'élança douloureusement, et elle écarta les dents en faisant la grimace. Elle posa une main sur son visage et testa l'os, pour découvrir qu'un onguent médicinal couvrait son menton.

— Tu as de la chance que la mâchoire soit intacte.

— De la chance ? siffla-t-elle, outrée.

Lorsqu'il essaya de dégager une mèche de cheveux de son front, Esin sembla surpris de la voir bondir et repousser sa main.

— Je ne suis pas là pour te faire de mal.

La pression qui s'accroissait derrière ses orbites, les palpitations sous son crâne, étaient aggravées par le moindre mouvement. En grognant, elle se laissa retomber entre les oreillers en fusillant du regard son persécuteur.

Il retenta son geste, avançant lentement la main, pour lever la mèche emmêlée et la glisser derrière son oreille.

— Comme je l'ai dit, je n'ai aucun désir de te blesser. Jamais. J'ai subi ta punition moi-même, parce que je ne supporte pas de te voir souffrir. Trois coups de canne.

Il pivota au niveau de la taille, afin qu'elle puisse voir les dégâts dans son dos. Les lacérations dans sa chair saignaient toujours.

Ses actions lui avaient causé de la douleur ? Quelle victoire !

— J'espère que ça fait très mal, siffla-t-elle.

Esin sourit, comme si sa cruauté était mignonne, puis essaya de se rapprocher. Il n'obtint pas ce qu'il espérait. Elle griffa les fourrures, le mâle et le lit dans une vaine tentative de se libérer.

Et fut facilement rattrapée.

— On m'a arraché à ma mère aussi, tu sais, murmura-t-il, comme un secret, en ignorant ses gesticulations pour défaire un autre nœud. C'était il y a longtemps, mais je me souviens qu'elle m'a manqué. C'est notre mode de vie, nos lois… nos principes qui mènent à l'épanouissement et au bonheur. Nous avons tous notre place. La tienne est auprès de ton Alpha, qui t'aimera et te gâtera.

— Et quand cet Alpha m'aura fait un enfant, combien de temps avant qu'il me soit arraché ?

Il marqua une pause pour réfléchir, soupeser sa réponse, ce qui attisa ses soupçons.

— Ton enfant vivrait et serait formé sur ce vaisseau. Je pourrais t'en donner un, si ça te rendait heureuse.

— J'espère que vous n'imaginez pas qu'une vie que vous choisiriez pour moi pourrait être une vie dont je veux. Vous m'avez arraché à la vie que je voulais. Vous avez brûlé le visage de ma mère. Il n'y a pas un seul mâle sur ce vaisseau que je voudrai un jour…

— Baiser ? lança-t-il, les yeux brûlants, ce qui lui donna la chair de poule. Allez, fougueuse renégate, sourit le caporal Esin en faisant pression sur elle avec son corps. Le défi n'en est que plus délicieux quand tu me regardes comme ça. J'adore chasser.

— Lâchez-moi !

— Mes ordres sont de te débarrasser de cette *chose* et de t'enseigner à accepter d'être touchée. Aujourd'hui, tu n'auras pas droit à des vêtements. Je vais jouer avec toi, puis tu seras toilettée. Pour te prouver que ton confort est ma priorité, je n'utiliserai pas ta bouche tant que ton menton ne sera pas guéri.

7

Aucun de ses coups n'avait atteint sa cible. Les cuisses tremblantes, Morgaine supportait le poids d'Esin, incapable de faire plus que croasser. Sa gorge la brûlait comme si elle avait avalé des bris de verre. Elle avait abandonné ses plaintes et restait allongée mollement, comme il le désirait.

Le ronronnement du mâle était incessant, incompatible avec les grognements qu'il poussait çà et là contre sa gorge. Déchirée entre les deux sons manipulateurs, elle était devenue tour à tour prostrée, nerveuse, fâchée et renfrognée, mais, surtout, fatiguée et endolorie par la position.

— Sens-tu où je te touche ? grogna-t-il en caressant et en cajolant le bourgeon de chair palpitant qui surmontait son sexe. Il y a des nerfs ici, renégate, dont la seule raison d'être est le plaisir sexuel.

Elle n'éprouvait aucun plaisir à être ainsi plaquée, à crier jusqu'à en perdre la voix.

— Tu sécrètes de la cyprine, continua Esin d'une voix rauque, comme s'il se retenait à grand peine.

L'homme avait déjà sucé ses doigts plus de fois qu'elle ne pouvait le compter, se délectant de son goût, ses yeux roulant dans leurs orbites.

Puis il avait recueilli davantage de cette horrible substance entre ses cuisses et l'avait étalée sur ses seins.

Il les avait ensuite léchés, en la mordillant si fort par endroits qu'elle était marquée.

Le ronronnement faiblit, et Esin grogna à nouveau. De la cyprine s'écoula de sa fente.

Il caressa son clitoris encore plus vite. Morgaine crut que le petit bourgeon de chair allait s'éroder.

Elle avait mal.

Les élancements et les fourmillements… n'étaient pas agréables.

Pas comme ça.

— J'arrêterai quand tu auras joui. Donne-moi ça, renégate. Donne-moi ton plaisir.

Ses doigts volèrent plus vite, toujours centrés sur le même point, jusqu'à ce que sa chair soit à vif et la démange. Ses entrailles se contractèrent comme lors d'une crampe, puis se tordirent. Elle eut un haut-le-cœur avant de jouir.

Si c'était ça le sexe, alors c'était horrible.

Pantelante, Morgaine fut forcée de regarder le visage extatique du mâle responsable d'un tel inconfort.

— Bonne petite, dit-il en humant sa gorge, visiblement exalté qu'elle ait failli lui vomir dessus. J'adorerais vraiment te lécher pour te nettoyer, mais je ne me fais pas confiance. Ma queue palpite déjà.

Il libéra ses mains, mais en rattrapa une pour la glisser entre eux. Il fit passer ses doigts sur ses grandes lèvres trempées, hypersensibles, puis les déplaça de haut en bas de son organe dénudé.

— Allez, branle-moi. Comme je te l'ai montré la dernière fois.

Il allait la forcer à rester allongée comme ça, écartelée en dessous de lui, pendant qu'il exploitait sa main ? Ses hanches lui faisaient mal, et elle essaya de soulever son bassin pour que le sang circule à nouveau dans ses articulations.

— Non, non. Pas d'accouplement aujourd'hui ! gloussa-t-il horriblement en frottant son nez contre son visage. N'essaie pas de me tenter. J'ai pris assez de coups de canne pour rester lucide malgré ta beauté et ton odeur délicieuse. Branle-moi comme une bonne petite, et peut-être que je te donnerai encore du plaisir avant ton bain.

Ces mots lui donnèrent la chair de poule. Et son entrejambe était à vif. S'il essayait à nouveau de la toucher là, elle...

Que pourrait-elle faire ? Pleurer jusqu'à ce que les larmes se tarissent ? Crier jusqu'à ce que sa voix s'éteigne ?

Qu'est-ce que ça lui avait apporté jusque-là ?

La main qui entourait l'organe du mâle bougeait à peine. Inutile, puisqu'Esin se déhanchait tout seul entre ses doigts. Sa position imitait celle de la pénétration – à chaque coup de reins, son gland effleurait son pubis et son bas-ventre. Secouée par ses va-et-vient, bouche bée en voyant son visage tordu, elle ne pouvait faire qu'encaisser et espérer que la fin viendrait vite.

— Baisse ta main, dit-il avec effort, et les tendons de son cou saillirent entre les muscles crispés. Attrape la base de ma queue et serre.

Quoi ?

— Maintenant ! Fais-le maintenant !

Une bosse commençait à se former près de la motte de poils couvrant son entrecuisse. Elle se dilata et déforma son membre comme une tumeur cancéreuse.

— Argh !

Comme elle ne réagissait pas, il prit les choses en main. Il baissa son poignet et serra sa main si fort autour du nœud qu'elle sentit ses articulations craquer. De sa main libre, il commença à astiquer vigoureusement son membre, jusqu'à ce qu'un amas de substance visqueuse et épaisse en jaillisse et atterrisse sur son ventre.

La première salve, suivie de nombreuses autres.

Tant de liquide surgissait de sa queue que c'en était épatant. Sa poitrine, son ventre, son abdomen et ses cuisses en furent recouverts.

Et Esin n'en avait toujours pas terminé.

— Ne lâche pas. NE LÂCHE PAS ! siffla-t-il, les dents serrées.

— Vous me faites mal au poignet…, souffla-t-elle en secouant son bras pour le déloger.

Ce qui avait été un déversement abondant et épais au début s'était mué en averse chaude, moins nacrée, qui ruisselait comme de l'eau sur sa peau. Un rugissement accompagna le giclement. L'homme baissa les yeux pour regarder son prix se tortiller sous la cascade de semence.

— Ouvre la bouche.

Ça, non ! Jamais.

— Juste pour goûter, renégate, la réprimanda-t-il en taquinant ses lèvres avec son gland. Bois mon offrande.

Morgaine secoua furieusement la tête et commença à le repousser au lieu d'essayer de s'éloigner.

Le mouvement affecta le nœud du mâle, qui se

cambra, rua et la noya sous une nouvelle ondée de sécrétions musquées, qui encroûtèrent ses cils et ses cheveux.

Esin la maintint en place, coincée sous lui, pendant toute la durée du nœud bulbeux à la base de sa queue violacée.

Dans l'intervalle entre ses éjaculations suivantes, il malaxa l'excroissance et ses doigts avec tant de force que ceux-ci s'engourdirent. Pendant ce temps, il lui expliqua comment mieux le vider. Il la félicita pour ses efforts, pour la première fois qu'elle drainait un nœud. Et il la réprimanda pour avoir refusé d'ouvrir la bouche.

Si elle n'avait pas eu la mâchoire blessée, il l'aurait probablement forcée à écarter les dents pour plonger ce truc hideux dans sa gorge.

À quatre reprises encore, du sperme gicla pendant qu'il grognait, s'arc-boutait et lui susurrait des cochonneries.

La dernière éjaculation ne fut qu'un écoulement liquide clair qui dégoulina sur leurs mains jointes, puis entre leurs corps.

Esin libéra sa main endolorie en poussant un grognement salace et frotta son nœud rétréci, jusqu'à ce que sa queue débande tout à fait. Sa chair apaisée, il se laissa retomber sur elle et l'imprégna de sa semence avec son torse nu. Il rit quand elle couina.

— À moi. Toute à moi, répéta-t-il en boucle.

Mensonges.

Elle n'était pas à lui.

Elle était davantage qu'une main, qu'un corps qu'on goûtait.

Elle était davantage que le bouton de chair entre ses cuisses, qu'il estimait si important.

Voilà ce qu'elle se dit, pendant que des mains brutales caressaient tous les endroits où du sperme s'était infiltré.

— Ils seront si contents de toi, renégate. Aucune Oméga ne m'a jamais fait éjaculer sept fois. Sept fois, vilaine fille ! roucoula-t-il en l'embrassant si fort sur la bouche que leurs dents s'entrechoquèrent. Et regarde-toi : si parfaite, avec le goût de mon foutre sur tes lèvres.

Esin recula suffisamment pour lui permettre de remplir ses poumons.

— *Parfaitement désobéissante*, devrais-je dire, la taquina-t-il. Je t'ai demandé d'ouvrir la bouche, et tu as refusé…

Morgaine se pinça les lèvres et détourna le regard.

Le goût du mâle avait déjà pénétré sa bouche, mais elle n'allait pas l'inviter à en rajouter.

— La désobéissance doit être punie. Tu n'auras plus droit à du plaisir aujourd'hui. Réfléchis-y pendant que je te lave.

Il recommença à jouer avec les sécrétions en train de sécher sur sa peau, à en imprégner son nombril et ses flancs.

— Je t'aurais comblée, sinon. Mais, du coup, je vais te laisser trempée et en manque d'attention.

Elle poussa un petit soupir de soulagement – que son persécuteur prit à tort comme du regret.

Le visage soudain sérieux, il attrapa son menton douloureux et fit tourner sa tête pour qu'elle croise son regard.

— Les Omégas obéissantes, qui ne détruisent pas leurs fourrures et ouvrent la bouche pour leur Alpha, ont droit à un bon doigtage. La prochaine fois que je m'occupe de toi, rappelle-toi ce que tu ressens, en ce moment.

Morgaine s'en rappellerait. Et elle garderait ses lèvres scellées.

— Me donneras-tu un baiser ?

Elle secoua la tête.

— Tu boudes, hein ?

Esin éclata de rire, puis lui offrit un léger ronronnement, comme pour apaiser son jouet.

— Ce n'est pas comme ça que tu me convaincras de te caresser, ma jolie.

Il fit avancer ses doigts sur son corps, en direction de ses cuisses, mais fut interrompu par le bruit de l'eau qui remplissait la baignoire.

— On dirait qu'on a assez joué comme ça.

Enfin, il se laissa rouler sur le côté et la libéra, avec toute l'énergie joviale dont Morgaine était dénuée. Il renifla même malicieusement en la remettant sur ses pieds.

— Ou alors, ils m'ont trouvé trop indulgent et veulent nous faire sortir du nid. Une punition est une punition.

Ses genoux se dérobèrent, et elle vacilla, mais fut rattrapée par l'homme souriant, qui lui lança un clin d'œil.

— Tu me mènes déjà par le bout du nez.

AUCUN BAIN ne la ferait plus jamais se sentir propre, quand bien même Esin l'avait assise sur ses genoux et s'était donné du mal pour la savonner partout. C'était le premier bain qu'elle était forcée de partager et, bien qu'il ait lavé son sperme de sa peau, l'objectif de ce bain n'était pas son plaisir à elle, mais à lui.

Il était là pour lui enseigner comment bien s'occuper d'un Alpha.

Ses doigts étaient toujours noueux et raides après la confection de son manteau de fourrure détruit, endoloris après qu'il les eut serrés sur son nœud, mais il la força à lui masser les épaules. Il l'installa à cheval sur ses genoux, face à lui d'une manière qui semblait curieusement intime, et l'amadoua pour qu'elle le savonne et le touche comme les hommes le préféraient.

Les grognements qu'il poussa en rejetant la tête en arrière ne lui réchauffèrent pas le cœur. Ses caresses presque douces sur ses hanches, sous l'eau, n'apaisèrent pas son esprit.

Affectueusement, il ronronna, un amas de muscles qui exigeait d'être cajolé.

— Tu es vraiment magnifique, dit-il avec un sourire paresseux, les yeux brillants. Parfaite, comme je l'ai dit la première fois que je t'ai vu.

Quand son comparse avait tenu sa mère par le cou et qu'il avait menacé de la brûler vive.

— Je ne veux pas y penser.

Pas alors qu'elle était forcée de toiletter le mâle responsable de ses malheurs. Mâle qui baissa soudain sa lèvre inférieure avec son pouce.

— Je t'ai compris, dit Esin en secouant la tête avant d'ajouter, moins guilleret : Mais un jour, tu te souviendras de ce moment sous un autre jour. La première fois que tu as vu le partenaire que tu adores.

Ou qu'elle exécrait ?

— Vous n'êtes pas mon partenaire, cracha-t-elle d'une voix dure en continuant à faire des cercles paresseux sur ses épaules, comme il le lui avait demandé.

Aussitôt, il se raidit, gâchant tous ses efforts pour le détendre.

— Je ferai tout pour m'assurer de l'être.

Au lieu de répondre, Morgaine s'empara du savon.

— Tu ne me crois pas ?

Ce qu'elle croyait ? Elle croyait qu'elle était piégée à bord d'un vaisseau sans nom, Dieu savait où dans l'espace, cernée par l'ennemi. Un ennemi qui lui avait encore une fois fait des attouchements dégoûtants.

D'autres larmes jaillirent, elle ne sut pas d'où.

Elles commencèrent à couler, et ses épaules à trembler sous l'effort de les ravaler.

Esin eut pitié de l'Oméga dépassée et la serra contre son torse. Voyant qu'elle résistait, il poussa un ronronnement intense, qui vibra si près de son corps qu'elle le sentit ébranler ses os.

Ses grandes mains chaudes sortirent de l'eau et massèrent son dos, trop fort pour lui apporter le moindre réconfort. Il attaqua chaque nœud qu'il rencontrait, pendant qu'elle sifflait de douleur. Au bout de longues minutes, ses muscles se détendirent.

Il la toucha délibérément, ses lèvres contre son oreille, en lui décrivant combien sa douceur le ravissait. Il lui parla de son avenir confortable. Du fait qu'elle ne manquerait de rien. Qu'elle n'aurait jamais faim. Qu'elle ne se sentirait jamais seule, comme lui s'était senti seul en l'attendant.

Au bout d'un temps, elle se laissa aller.

— Est-ce que ça va mieux ? demanda-t-il doucement à son oreille.

— J'ai faim, bouda-t-elle d'une voix rauque.

— Tant mieux, dit-il en la serrant plus fort. Je t'ai apporté de la nourriture que j'ai préparée spécialement pour toi. Un cadeau que nous pouvons savourer ensemble avant que je reprenne mes fonctions.

8

Bien qu'Esin semble optimiste quant au comportement de Morgaine, le sergent Uriel continuait à insister pour voir des changements rapides et drastiques.

Quand il lui rendit visite après le départ du caporal, il ne souriait pas comme son subalterne.

Il lui suffit de renifler le nid pour comprendre ce qu'Esin n'avait pas remarqué ou avait ignoré par fierté.

L'odeur âpre qui teintait l'air n'était pas seulement celle de la peur. Elle évoquait le dégoût, la honte…

Même stimulée directement, Morgaine n'avait pas réagi comme elle était censée le faire. Il descendit dans son nid, farfouilla les fourrures, renifla souvent et gronda incessamment, son déplaisir évident.

Endommagée.

Il avait eu beau marmonner le mot dans sa barbe, elle l'avait entendu.

Peut-être était-elle brisée, mais ne valait-il pas mieux être brisée qu'une poupée d'Alpha décérébrée ? Debout là où le sergent lui avait demandé d'attendre, Morgaine le vit devenir de plus en plus troublé.

— J'ai fait tout ce qu'il m'a demandé, se défendit-elle avant qu'il la punisse avec une leçon.

La tolérance déclinante du sergent s'était muée en animosité. Il détourna les yeux du nid inadéquat pour les poser sur son visage. Frustré qu'elle fasse preuve de mauvaise volonté envers le caporal Esin, à bout de patience envers sa colère, ses suppliques et son dégoût, Uriel sortit du nid et marcha à grands pas vers elle, le regard accusateur.

— Non seulement il s'est abstenu de te pénétrer pour ton confort, mais il s'est occupé de ton plaisir avant le sien, lança-t-il d'une voix brusque, fâchée et inflexible. Je t'ai vue prendre ton pied !

Elle eut du mal à avaler le fait que des étrangers l'avaient regardée s'époumoner à s'en brûler la gorge quand Esin lui avait arraché ses fourrures. Morgaine l'avait mordu et griffé jusqu'à en perdre complètement la voix. Elle avait pleuré sa mère quand il l'avait forcée à ouvrir les cuisses.

Tous ces efforts pour rien.

Elle drapa les bras autour de son corps, dans une attitude protectrice, incapable de croiser son regard. Elle avait senti des yeux invisibles sur elle dès le début de son temps passé dans cette prison dorée — les modulations de l'éclairage, le remplissage de la baignoire, l'air froid qui soufflait, comme si le vent avait changé de direction dans la fausse forêt… les images projetées sur le mur. Tout était coordonné par ceux chargés de la surveiller.

Glacée jusqu'au sang, et certaine que ses moindres gestes avaient été projetés quelque part, afin que des étrangers soient témoins de ses jours de captivité, Morgaine ne put se retenir de dire tout haut ce qu'ils savaient tous :

— Vous avez regardé ?

— Évidemment, répondit le sergent Uriel en indiquant la vue artificielle de la forêt, sur le mur qui lui avait montré la mort d'Esmeralda et l'accouplement de l'Oméga en chaleur. Derrière cet écran, de nombreux Alphas observent tous tes mouvements. Une équipe est en place pour contrôler ta garde et assurer ton bonheur. Parmi eux se trouvent de nombreux prétendants, qui ont légalement le droit de voir la preuve que tu te sens honorée.

Honorée ? Si Uriel était frustré, Morgaine, elle, était exaspérée.

Amour, bonheur, sécurité, joie, plaisir – ces mots avaient été aboyés en boucle, mais *pas une fois* elle n'avait ressenti ces choses en présence des Alphas. L'honneur n'existait pas ici.

— Les meilleurs moments de toutes les Omégas appariées sont diffusés à l'assemblée. Sinon, comment les Alphas sauraient-ils comment leur plaire, prendre soin d'elles et les discipliner, alors qu'elles sont si rares ? Habitue-toi à être observée.

Stupéfaite que ces monstres aient trouvé un autre moyen de la dégrader, Morgaine sentit sa mâchoire se décrocher.

— Vous laissez d'autres hommes regarder votre partenaire quand…

Le sergent Uriel se redressa, et la fierté dilata son torse. Il osa même lui décocher l'ébauche d'un sourire.

— Les Alphas doivent être soulagés. S'ils peuvent retirer du plaisir en même temps que moi, alors il est de mon devoir de le leur apporter. Un Alpha qui ne se vide pas est dangereux.

— Et ça ne la dérange pas ?

— Comme toi, elle n'a pas le choix. Et je pense qu'elle prend plaisir à faire son devoir envers l'équipage et moi.

Il sembla toutefois y réfléchir, comme si cette pensée ne lui avait jamais traversé l'esprit.

Les joues empourprées tandis qu'elle assimilait ce concept, elle osa soutenir le regard de l'Alpha.

— Vous lui avez demandé ?

— Pourquoi le ferais-je ?

Sa réponse était si désinvolte que Morgaine ne put se retenir de renifler.

— Parce que vous l'aimez ? Parce que l'accouplement est censé être sacré ? Parce que là, j'ai l'impression qu'Esin n'a pas été le seul à me violer ?

Il la gifla assez fort pour que la joue lui pique, mais pas assez pour la faire tomber.

— Écoute-moi bien. Tu ne peux pas être violée par un Alpha. Tu es une Oméga, conçue par la nature pour réagir à notre appel.

— J'ai fait ce qu'il voulait…, fit-elle d'une voix chevrotante en frôlant sa joue rougie.

Contrant son repli hésitant, le sergent fondit sur elle jusqu'à ce qu'elle chancelle et tombe brutalement sur ses fesses.

— Tu as passé la moitié du temps à appeler ta mère ! rugit-il, et le musc de la colère de l'Alpha épiça l'air. Tu as de la chance qu'il ait choisi de se montrer patient et clément ! À sa place, je t'aurais fait taire à la première jérémiade embarrassante !

Elle n'eut d'autre choix que celui de se tasser et

de l'apaiser, car toutes ses synapses l'avertissaient qu'elle était en danger.

— Désolée.

Vert de rage, il ferma les yeux, inspira profondément et retrouva lentement son calme. Au bout d'une minute entière, il hocha la tête pour lui-même et redevint l'homme méditatif qu'elle avait rencontré.

— À partir de maintenant, tu seras réduite au silence. Si je t'entends encore appeler ta mère, quel que soit le contexte, tu auras droit à trois coups de canne, et Elizabeta sera fouettée devant toute ta colonie.

— Non…, marmonna-t-elle, terrifiée et paniquée.

— Si, asséna-t-il, comme s'il était fier de son décret. Tu apprendras la discipline. Le mieux que tu puisses faire pour ta mère est d'oublier son existence. Si tu dérapes, elle saignera bien plus que toi. Un jour, tu me remercieras de t'avoir libérée de cette habitude puérile.

Sa menace avait propulsé Morgaine dans une crise de sanglots incontrôlable, qu'aucun ronronnement ne pourrait soulager. Elle pouvait supporter son châtiment, mais savoir que sa mère, une femme qui était déjà en deuil, serait fouettée, ça, elle ne le tolèrerait pas.

— Réfléchis à tout ce que j'ai dit, dit Uriel en

s'agenouillant pour poser une main sur sa tête penchée, tremblante. Demain, tu vas m'impressionner en te comportant comme une femme et non comme une enfant.

Il l'abandonna à ses larmes. Les lumières s'éteignirent, et elle se laissa tomber dans le lit enfoncé, aussi loin que possible des fourrures nauséabondes et du sperme séché d'Esin.

Désespérée et épuisée, elle resta aussi figée qu'un cadavre, ignorant le froid artificiel dont ils l'enveloppèrent.

Elle avait été arrachée à son foyer. Ils l'avaient forcée à regarder des horreurs sans nom et avaient fait des demandes humiliantes et répugnantes. Et maintenant… maintenant, ils voulaient l'empêcher d'appeler sa mère.

C'était encore pire qu'être dérobée, parce que Morgaine savait qu'un jour, *elle déraperait*. Un jour, elle lâcherait son nom, et la femme qui l'aimait plus que tout le payerait cher.

Quand les lumières se rallumèrent, elle avait passé une autre nuit sans sommeil.

Le sergent Uriel entra avec une vigueur renouvelée dans sa démarche. Professionnel, sans révéler le moindre signe de sa colère de la veille, il dit :

— Je vois que tu as passé beaucoup de temps en réflexion.

Trop crevée pour faire autre chose qu'opiner, Morgaine resta muette. Le silence serait, en fait, la meilleure conduite à tenir à partir de maintenant. Ils voulaient d'une femelle qui ne prenait la parole que lorsqu'on la lui adressait. C'était ce qu'ils auraient, désormais. Dans le cas contraire, parler attiserait un état constant d'anxiété. Il lui serait trop facile de faire un faux-pas.

Chaque phrase allait devoir être mesurée, afin que ce mot unique, si beau, ne franchisse jamais ses lèvres.

— Eh bien, jeune fille, dit-il en arquant un sourcil. Dis-moi à quoi tu penses.

Ses pensées étaient le sujet le plus dangereux qui soit, et elle se résolut à ne plus jamais l'aborder. Elle se frotta les lèvres pour formuler une réponse acceptable.

— C'est l'heure du petit déjeuner.

Apparemment, sa réponse ne plut pas au sergent Uriel.

— Décris ta détresse.

— J'ai faim.

— Qu'est-ce qui ne va pas ? demanda-t-il en baissant son sourcil, peu convaincu.

— Je n'ai pas bien dormi.

— Ça suffit, Oméga, dit-il en s'approchant de

l'endroit où elle se tenait, docile et humble, comme il l'avait formée à l'être. Explique-moi ce comportement.

Plus il la poussait, plus Morgaine était sûre que c'était un genre de test. Si elle dérapait et expliquait la moindre pensée qui lui traversait l'esprit, elle échouerait.

Et sa mère serait fouettée sans merci.

Il attendait une réponse et elle devait en trouver une appropriée. Une demi-vérité fut le mieux qu'elle puisse faire.

— J'ai un léger mal de tête.

En réalité, sa tête palpitait.

Les mèches dorées qui avaient modestement couvert sa poitrine nue se retrouvèrent dans la main du sergent Uriel, qui les frotta entre ses doigts.

— Mon Oméga aime que je lui brosse les cheveux. Aimerais-tu que je t'accorde cette attention ?

Un autre test ?

— Est-ce qu'un Alpha aime l'offrir ?

— Faire plaisir à nos partenaires nous apporte une profonde satisfaction.

Dans sa colonie, après de longues journées à travailler sur le métier à tisser, sa mère lui avait brossé les cheveux, pour offrir à sa fille unique du réconfort, de la compassion et de l'amour. La manipulation des grandes mains de ce mâle n'effacerait pas ce souvenir, mais ne ferait que le rendre plus douloureux.

— Alors on s'attendrait à ce que je m'y prête…

— Ta réponse est insatisfaisante, Morgaine.

L'anxiété se mua en dépression. Les larmes coulèrent en silence. Elle craignit qu'il ne lui donne une autre leçon si elle laissait échapper le moindre sanglot.

— Je n'ai pas de partenaire pour me brosser les cheveux, alors je ne peux pas répondre.

— Est-ce que tu veux un partenaire ?

Elle voulait sa mère. Les yeux rougis, les sinus gonflés, elle regarda droit devant elle et se força à se montrer obéissante.

— Vous dites qu'un partenaire me rendra heureuse. Tout le monde veut être heureux.

— Qu'est-ce qui ne va pas, Morgaine ?

— Rien, répondit-elle en secouant la tête. Qu'aimeriez-vous que je fasse ensuite ? demanda-t-elle, puisque c'était apparemment là sa raison d'être : obéir.

— Que tu arrêtes de pleurer, répondit-il sévèrement en essuyant ses larmes avec douceur.

En silence, elle hocha la tête… et échoua.

Les gouttes continuèrent à perler entre ses cils.

Le sergent poussa un soupir résigné et lâcha ses cheveux avant de s'éloigner.

— Ça ne fera pas l'affaire, Oméga.

— J'essaie, je le jure, renifla Morgaine en essuyant ses joues du revers de la main.

— Et je te crois, dit-il en reculant pour l'abandonner à ses humeurs. Mange. Je reviendrai plus tard.

Sur ce, il disparut et la laissa seule toute la journée, seule avec ses pensées. À la place, elle passa le temps dans un sommeil sans rêve.

9
____

À moitié enfouie sous les fourrures parfumées, Morgaine remua à peine quand Uriel vint la voir le lendemain, pour se remettre au travail.

Son attitude avait changé du tout au tout. L'émoi pensif avait disparu pour faire place à une détermination renouvelée.

— Nous savions que tu serais un peu sauvage mais, ayant analysé tes récriminations, nous avons convenu que tu as la fausse impression que nos standards stricts ne sont pas là pour veiller sur toi ou te protéger.

Tout en arpentant la pièce, il continua sa tirade, comme s'il s'adressait à des soldats au garde-à-vous.

— Toutes les lois ont été respectées. Toutes les

règles suivies rigoureusement pour faciliter ton ajustement.

Morgaine se frotta les yeux et se rassit avec l'enthousiasme d'une femme qu'on s'apprêtait à jeter aux lions.

En jaugeant du regard ses épaules voûtées, il interrompit ses allées et venues. Il eut même un regard triste.

— Je ne peux pas te donner ce dont tu as besoin. En l'état, il n'y a qu'un recours. Ton hostilité n'a fait qu'accélérer le processus de sélection de ton partenaire.

— Qui ? demanda-t-elle, indifférente et apathique.

Uriel se tint au bord de la fosse et fronça les sourcils devant la triste scène : une Oméga qui refusait les réconforts offerts.

— En dépit de tes protestations, je ne refuserai plus à tes prétendants leur droit à l'interaction physique. Le caporal Esin détient la prétention la plus élevée, il sera donc le premier. La pénétration sera autorisée.

Son destin était inévitable. Peut-être valait-il mieux qu'elle s'y prête, qu'on en termine.

— Quand ?

— Il partagera ton nid ce soir, avec ou sans ta coopération initiale. Demain, ce sera au tour du prétendant suivant, puis du suivant, jusqu'à ce que l'arbitrage soit terminé. Si tu es sage, tu l'accepteras immédiatement. Souviens-toi de ce qui est en jeu si d'aventure tu… *résistais*.

Oui. Ils mutileraient sa mère en public… encore une fois.

Morgaine s'avachit contre les oreillers, complètement vaincue.

— Si Esin a la prétention la plus élevée, pourquoi prolonger le cirque ? Offrez-moi à lui et qu'on en finesse.

Le sergent Uriel indiqua d'un geste les pièces de fourrure qu'elle avait ostensiblement refusé de toucher.

— Chaque peau appartient à un mâle qui pourrait disputer sa prétention. Comme tu peux le voir, il y a de nombreux soldats à considérer. Si tu avais préféré une des odeurs de ton nid, les probabilités auraient pu changer, et l'arbitrage aurait été plus rapide. Mais tu n'en as rien fait.

Alors il y avait un moyen de changer le résultat ?

— Et si j'en préfère une aux autres maintenant ? demanda-t-elle en se remettant à genoux pour renifler un tas de fourrures à plein nez.

Uriel fit la grimace, pas du tout amusé, en croisant les bras sur son torse en forme de barrique.

— Ce ne serait pas une réponse légitime. Si tu avais reconnu l'odeur du mâle le plus compatible, tu n'aurais pas éparpillé les fourrures et fait de ton mieux pour dormir découverte, malgré la baisse de température dans la pièce.

Il n'y avait rien à dire, rien que les Alphas seraient prêts à écouter. Au bout de six jours passés avec ces mâles, Morgaine avait compris que les comptines avaient raison. Être né Oméga était le pire de tous les maux.

— Tu n'arrêtes pas de rejeter les attentions des Alphas, tu n'as aucune formation sur les besoins des hommes et femmes adultes, l'avertit-il en secouant la tête face à son silence mutique. Tout ça changera vite grâce à ce nouveau programme.

Il se baissa et la prit par la main pour la forcer à sortir du lit.

— Le soulagement sexuel accélère l'acceptation. Tu ne peux pas savoir ce que le caporal Esin va t'offrir, aussi ta peur est déplacée.

Oh, mais elle savait très bien ce qu'il lui offrait. Tous ses muscles étaient toujours endoloris après ce qu'il lui avait fait subir la veille.

La sensation de vide qui creusait sa poitrine vibra quand l'homme plus âgé ronronna avec assurance. Elle avait beau ne pas vouloir l'entendre, ses côtes se dilatèrent aussitôt. Une bouffée d'air vint colorer ses joues pâles.

C'était la soumission qu'ils désiraient.

— D'où je viens, me forcer à coucher avec des

étrangers vous verrait exécuté par les Alphas quand ils nous envahissent pour voler nos récoltes et notre bétail.

Le sergent Uriel ne montra pas la moindre compassion pour son sort. Insensible, froid, discipliné, il affichait l'austérité d'un guerrier aguerri.

— Aucun Alpha sur ce vaisseau ne te ferait de mal. Tout ce qu'ils veulent, c'est t'offrir du plaisir. Le caporal Esin également. La décision ne repose pas dans tes mains inexpérimentées. Comme toutes les Omégas que j'ai formées, tu me remercieras quand tu auras compris ce qu'un nœud peut t'apporter.

Bien qu'elle n'offre aucune résistance, Morgaine fut traînée par le coude jusqu'à la table. Une fois qu'elle fut assise, il lui tendit une assiette pleine.

— Tu auras besoin de toutes tes forces aujourd'-hui. Mange.

L'Oméga avala la nourriture qu'Uriel avait choisie pour elle sans rien goûter. Ensuite, il lui ordonna de prendre un bain et lui donna à avaler des tonifiants qui, selon lui, lui remonteraient le moral. Pour la toute première fois, le sergent resta à son chevet pendant qu'elle faisait trempette. Il lui ordonna de récurer ses ongles, de savonner ses cheveux et de les huiler avec un onguent gluant dans un bocal près du bord.

Toute l'eau se vida.

— Je ne t'ai pas ordonné de te lever.

Mi-assise mi-debout, la fille ruisselante hésita. Elle détestait toujours cette partie : se retrouver trempée et nue devant un public. Au moins, aujourd'hui, le public n'était pas le caporal Esin.

Les yeux baissés sur les bottes d'Uriel, Morgaine se rassit. Ses cheveux détrempés collaient à sa poitrine. Les jambes jointes, elle posa les mains sur son entrejambe, pour couvrir autant que possible sa zone intime.

— Avant de te préparer pour aujourd'hui, j'ai des nouvelles.

Le menton baissé, elle jeta un coup d'œil entre ses cils en attendant ces *nouvelles*.

L'Alpha semblait très content de lui, comme s'il s'attendait à la voir sourire après avoir appris ce qu'il voulait partager avec elle.

— Nous avons recoupé ton génome avec notre base de données pour nous assurer qu'aucun de tes prétendants ne t'était apparenté.

Ne sachant pas comment répondre, Morgaine haussa un sourcil.

— L'analyse a également permis de découvrir ton géniteur, annonça le sergent Uriel en tendant le bras, afin qu'elle prenne docilement sa main. L'Alpha en question a été exécuté ce matin, ajouta-t-il en souriant lorsqu'elle la serra.

— Exécuté ?

Sous le choc, Morgaine glissa sur un des carreaux.

Le sergent Uriel la rattrapa avant qu'elle puisse tomber et se blesser. Il la souleva hors de la baignoire et la reposa assez loin du bord pour empêcher un autre incident.

— Comme je te l'ai dit, les Alphas protègent leurs colonies de Bêtas, expliqua-t-il, les sourcils froncés, en redressant la fille. Une telle infraction au protocole devait être punie. À présent, tout le monde est plus en sécurité. Ceci devrait te faire plaisir.

Elle n'avait jamais considéré l'homme qui l'avait engendrée comme une véritable personne. Même sa mère n'en avait jamais parlé. Si elle avait appris la vérité, c'était grâce aux ragots cruels du voisinage. Enfant, elle avait demandé à savoir pourquoi sa mère était mal vue et pourquoi elle n'avait pas d'amies en dehors de sa sœur.

C'était Hanna qui lui avait révélé qu'elle était la bâtarde d'un Alpha, quand son fils avait voulu jouer avec elle dans leur cour. Elle avait lâché ça sur un ton qui sous-entendait que laisser son fils jouer à chat était l'offre la plus magnanime qu'elle puisse lui faire en tant que voisine.

Sa mère ne s'était jamais plainte, mais les conséquences avaient été considérables. Aucun homme de la colonie n'avait demandé sa main à Elizabeta, malgré son doux sourire et ses talents au fil et à l'aiguille.

À leurs yeux, elle était souillée.

Cependant, mère et fille avaient été là l'une pour l'autre. Elles avaient vécu heureuses, dans la sérénité, sans intrusion extérieure.

Et, quand bien même ils l'avaient évitée, ces voisins n'avaient jamais été cruels envers sa mère. Lors des hivers rigoureux, personne n'avait manqué de rien. Quand le corps de sa tante avait été découvert, pendu aux chevrons, ils avaient été nombreux à lui souhaiter leurs condoléances.

Et en ce qui concernait ses parents, d'après ce que Morgaine en savait, sa mère avait été consentante le jour où elle avait été conçue.

À présent, son père était mort. Avait-il su pourquoi ? Avait-il lui aussi vu Esin se frotter entre ses cuisses ?

La culpabilité, la honte et le dégoût la firent pâlir. Morgaine savait qu'elle devait répondre, qu'elle devait dire quelque chose au sergent Uriel ou risquer d'être punie.

— Les Alphas protègent les Bêtas, marmonna-t-elle.

— Bravo, jeune fille, dit Uriel d'un ton ravi, un sourire dans les yeux. Tu apprends.

Elle apprenait. Chaque jour, elle apprenait que les Alphas se rapprochaient plus de monstres que d'hommes.

— Quelle est la leçon du jour ? Dois-je rester assise sur la chaise et regarder le mur ?

— Non, répondit Uriel, triomphant, en l'attrapant par le coude et en lui tendant une tenue. Aujourd'hui, nous allons quitter cette pièce pour te présenter aux membres de la flotte qui aimeraient apprendre à te connaître.

10

Il lui fallut moins de dix pas hors de sa chambre pour découvrir que le vaisseau des Alphas était *incroyable*. Contrairement à sa prison aux murs lisses, les couloirs étaient sculptés et gravés de formes géométriques irrégulières, qui ne ressemblaient à rien de ce qu'elle avait vu dans sa colonie. De la lumière semblait émaner du métal lui-même, et chaque panneau luisant paraissait chaud au toucher. Mais, dès qu'elle tendit les doigts pour s'en assurer, son poignet fut pris dans un étau.

— Garde les yeux devant toi, Morgaine. Ce n'est pas un endroit sûr pour qu'une Oméga s'y attarde.

Mais pourquoi ? Après des jours passés cloîtrée, pourquoi ne pouvait-elle pas profiter de ce premier soupçon d'excitation depuis qu'elle s'était réveillée dans cette fosse ?

— Je pensais…

— Ne pense pas. Marche.

Son garde était raide et la guidait avec un air de menace qu'il n'avait jamais affiché, même quand il lui avait montré sa fureur dans sa chambre.

Qu'était-il arrivé à la figure d'autorité sérieuse ?

Ce gardien agressif, increvable, imposant, qui serrait douloureusement son poignet et la tirait afin qu'elle maintienne son allure, n'était pas le sergent Uriel réservé qu'il avait incarné en privé. Une preuve supplémentaire que les apparences étaient trompeuses.

Meurtriers, voleurs, violeurs… menteurs.

Elle dut trotter pour rester à sa hauteur, mais se retint de protester. Après tout, il l'emmenait rencontrer des prétendants potentiels et lui avait déjà dit qu'à l'heure du coucher, le caporal Esin serait autorisé à utiliser plus que sa main pour se donner du plaisir.

Quels que soient ses sentiments sur le sujet, Esin allait la violer. Il allait pilonner son corps aplati comme l'Alpha qu'elle avait vu baiser l'Oméga sur son mur.

Épaules bandées, poignets immobilisés… Cyprine ou pas cyprine, quoi que le sergent Uriel affirme, Morgaine ne ferait jamais bon accueil à de telles attentions.

Esin était l'homme qui avait ordonné que sa mère soit marquée au fer. Qui la traitait comme sa chose.

Et si elle agissait d'une manière que ces Alphas qualifiaient d'insolente ? Elle aurait droit à des *leçons*.

Si elle appelait sa mère ? Elle aurait droit à des coups de bâton et sa mère à une flagellation publique.

Si elle marchait trop lentement ? Son bras serait tiré avec une force telle que son épaule l'élancerait.

Si elle restait silencieuse ? Elle serait punie de ne pas avoir parlé.

Si elle parlait ? Elle aurait droit à des regards noirs et des réprimandes, pour avoir échoué à les impressionner.

Ils avaient assassiné un inconnu à cause d'une pique qu'elle avait lancée dans sa colère…

Ces Alphas ne voulaient pas de Morgaine. Ce qu'ils voulaient, c'était la partie d'elle qu'Uriel avait appelée *chatte*. Une chatte qui sécrétait de la cyprine et était attachée à une machine qui poussait des cris et faisait ce qu'on lui disait de faire.

À la colonie, les femmes ne sortaient pas sans se couvrir les cheveux. Elles ne laissaient pas les hommes les toucher sans leur permission.

Le viol était punissable de mort immédiate.

Pas ici. Ici, les Alphas faisaient ce qu'ils voulaient.

Alors qu'elle traversait ces couloirs étincelants, elle laissa ce concept la pénétrer. *Ne pense pas. Marche.*

Ne te plains pas. Obéis.

Tu n'es plus une personne à part entière. Tu es une possession.

Peu importait que leur vive allure ait dénoué la robe légère, que son sein gauche se soit échappé du pan. Aucun mâle dans ces couloirs et corridors ne se souciait que sa modestie se soit envolée, que ses cheveux volent au vent.

Ne vis pas. Sers.

— Morgaine, fais un peu attention. Je ne le répéterai pas.

Le sergent interrompit abruptement sa marche et se tourna vers son pupille, comme pour lui faire comprendre que ce n'était pas le moment de mal se comporter.

Essoufflée par l'effort, les pieds endoloris après cette marche forcée sur le sol froid, elle recroquevilla ses orteils et essaya de reprendre sa respiration.

— Quoi ? dit-elle.

Il ne poussa pas de soupir frustré, mais son regard en disait long. Les épaules en arrière, le cou tendu, son port fier était destiné à impressionner la multitude d'Alphas qui allaient et venaient dans la galerie.

C'était l'essaim de soldats en armure vermillon qui s'approchait qui le faisait réagir comme ça. Sans réfléchir, nerveuse d'être la cible de tant de regards, Morgaine recula d'un pas. La prise d'Uriel se resserra et empêcha tout repli. En le voyant balayer du regard la foule assemblée, les traits rigides, les lèvres retroussées… en entendant les grognements menaçants qu'il émettait dès que l'un d'eux osait s'approcher, elle comprit qu'elle n'était qu'une proie dans une pièce remplie de prédateurs qui lui tournaient autour. Et seuls les grognements d'Uriel tenaient les bêtes à distance.

Aucun Alpha sur ce vaisseau ne te ferait de mal. Tout ce qu'ils veulent, c'est t'offrir du plaisir.

Ces mâles ne semblaient nullement s'intéresser à son bien-être alors qu'ils ricanaient, grimaçaient et humaient l'air.

— Ils ne sont pas autorisés à te toucher, déclara le sergent Uriel en l'entraînant dans une enceinte vitrée si exiguë qu'elle n'aurait d'autre choix que de s'y tenir droite. Présente-toi afin qu'ils t'inspectent. Explique ta situation et les soins particuliers que tu exiges.

Elle savait ce qu'il voulait qu'elle dise… Ce qu'elle était censée annoncer à tous ceux qui lui montraient de l'intérêt. Elle fronça les sourcils.

Comme s'il lisait son air fermé et taciturne dans ses pensées, il ajouta :

— Réponds à leurs questions. Montre-leur ta beauté et tes qualités. Sois sage.

Uriel verrouilla la cage, puis recula pour signaler que les *présentations* pouvaient commencer.

Entre ces quatre murs de verre, n'ayant nulle part où se cacher, elle vit les centaines, voire les milliers, d'Alphas qui allaient avoir leur chance de s'approcher d'elle pour mieux la reluquer.

Elle était telle un objet exposé dans la galerie principale du vaisseau. Les hommes s'arrêtaient pour la regarder, pour inscrire leur prétention dans le registre, pour tripoter les vêtements qu'elle avait portés. Uriel les avait disposés devant l'enclos après l'y avoir enfermée. La foule s'arracha même la robe répugnante dans laquelle elle avait été enlevée. Les inconnus la portèrent à leur nez en la dévorant des yeux.

Avant de l'abandonner, Uriel lui avait rappelé de se tenir droite pour se faire voir, de les regarder, de répondre à leurs questions. Morgaine n'avait pas duré dix minutes après son départ avant de se recroqueviller au sol et de cacher sa tête entre ses genoux.

On discuta d'elle comme si elle n'était pas là.

— Pourquoi a-t-elle l'air si malheureuse ?

— D'après son dossier, personne n'a encore noué en elle. L'Oméga a besoin d'être soulagée, répondit l'un d'eux en cognant du poing sur sa cage en verre. Oméga, lève la tête pour que nous puissions te voir.

En entendant frapper, elle sursauta et leva ses yeux injectés de sang vers un autre étranger en armure vermillon. Il ressemblait à tous les autres : exagérément costaud, intimidant et arrogant.

— Je m'appelle Morgaine. On m'a ordonné de vous dire que je suis sauvage. Ce matin, on m'a appris qu'une femelle sauvage était séparée de la population de femelles normales pendant au moins deux ans. J'exigerai une formation spécifique.

Comme un chien. Sa voix se fêla dans sa gorge, et elle refoula ses larmes.

— Mon futur partenaire devra sans doute me sauter plusieurs fois par jour, sinon je risque de régresser.

De nombreux mâles étaient assemblés, et de nombreux autres s'approchèrent en l'entendant parler. Mais seuls l'un d'entre eux demanda :

— Tout va bien, Oméga ? Je n'ai jamais vu pleurer un membre de ta caste.

Uriel l'avait avertie : verser des larmes devant des partenaires potentiels était inacceptable, mais elle ne pouvait s'en empêcher. La seule chose qu'elle pouvait faire était mentir, pour les apaiser.

— Je me sens seule. Un partenaire rectifiera ce défaut de caractère.

Morgaine se sentit soudain incapable de continuer cette mascarade. Incapable de faire face à tous
ces hommes.

Elle reposa son front sur ses genoux et inspira
lentement, profondément, en se fermant au
monde qui l'entourait. Elle fit son possible pour
ne pas écouter ces mâles qui discutaient de ses
attributs physiques, de son odeur, de la nuance
dorée de ses cheveux ou des choses qui pourraient lui remonter le moral – toutes de nature
sexuelle.

Alors que ses larmes auraient dû les dissuader,
elles semblaient au contraire accroître leur désir
pour elle.

Un débat éclata sur la position de son premier
accouplement : par derrière, afin qu'elle sente la
force de son Alpha ? Ou allongée dans son nid et
baisée face à face, pour qu'elle puisse voir et goûter
le mâle qui voulait la posséder ?

Tous convinrent du fait qu'elle ne devrait pas
être autorisée à chevaucher l'érection d'un Alpha –
c'était un honneur qu'elle allait devoir mériter.

Plus d'un d'entre eux affirma avec véhémence
que sa première fois devrait se passer entre les
mains d'au moins trois mâles. De cette manière, ils
pourraient la couvrir de leur semence, la remplir de
leurs queues et la briser, jusqu'à ce que l'épuisement
la force à dormir. Trois jours d'accouplement inin-

terrompu arrangeraient la situation… ou plus si elle résistait.

L'idée lui donna envie de vomir.

Morgaine se roula en boule sur le sol froid et ferma les yeux si fort qu'elle vit des étoiles.

Elle ne trouva aucune énergie pour se soucier du fait que le pan de sa jupe ne la couvrait plus, que les hommes se déplaçaient autour de son enclos vitré pour apercevoir ce qu'ils pouvaient de son sexe.

Les Alphas en firent même un jeu : ils émirent une série de grognements, un après l'autre, pour voir qui le premier pourrait forcer sa chatte à se contracter et à produire de la cyprine.

Tous les appels ne furent pas couronnés de succès, mais certains suscitèrent le résultat désiré. Et elle ne put absolument rien faire pour retenir cet écoulement inévitable, horrible.

— Regardez-moi cette jolie fente, toute brillante et affamée. Tu veux une queue, Oméga ? J'ai hâte de voir ton premier nœud.

Sanglotant en silence dans ses mains, mortifiée qu'un acte si intime soit diffusé à tous les résidents de ce vaisseau, Morgaine s'efforça de les ignorer. Elle détestait tout ce qui faisait d'elle une Oméga – l'honteuse trahison de son corps. Elle détestait avoir si peu de contrôle quand ils poussaient ces grognements, qui l'affectaient jusqu'à l'os.

Surtout, elle détestait les mâles qui l'encourageaient en criant à ouvrir les cuisses pour mieux voir.

Elle se redressa sur un coude et leur laissa voir ses joues marquées par les larmes. Elle essaya de leur faire comprendre qu'elle était davantage qu'un trou qu'ils pouvaient baiser.

— J'ai beaucoup de talent pour teindre les vêtements. Je peux créer des verts et des mauves rares, à partir d'ingrédients de nos forêts locales, dans des tons si vifs qu'ils étaient prisés par mes voisins.

Elle ne savait pas qui elle suppliait, car les mâles étaient trop pris dans leur jeu pour l'écouter. Mais cela ne l'empêcha pas de continuer sa supplique.

— Je connais les danses traditionnelles à la flûte et je sais coudre. Au moment des récoltes, je suis utile aux champs. J'avais des amis…

Le silence se fit lentement, perça le raffut, jusqu'à ce que seul le bruit de pas qui approchaient se fasse entendre. Elle ignorait ce qui avait mis fin à ce tapage. Et elle s'en moquait. Elle espérait juste qu'ils l'avaient écoutée.

Malheureusement, ce n'était pas ça. Le sergent Uriel était revenu parmi eux et semblait contrarié tant par le vacarme de la foule que son attitude lamentable.

— Debout, Oméga. Lève-toi et garde les yeux baissés, aboya-t-il plus sèchement qu'elle ne l'avait entendu jusque-là. Je refuse que tu te présentes de cette façon.

Elle se repoussa du sol d'une main et se mit à genoux avant de regarder par-dessus son épaule. Un homme plus âgé était venu assister à sa honte. Son rang devait être élevé, d'après les marques brillantes sur son armure. Il semblait très mécontent.

Elle se remit debout et se tint exactement comme on lui avait demandé : yeux baissés, épaules droites.

— Commandant, je vous présente Morgaine, de la colonie Ivex du quatrième continent de Nauu. Elle a été recueillie dans l'une de nos colonies les plus entreprenantes, expliqua le sergent Uriel, au garde-à-vous, avant d'énumérer ses attributs comme s'il vendait une pouliche. Ses yeux sont bleus, ses cheveux dorés et longs, à la mode de leurs femelles. Elle ne parle que la langue commune et a été élevée par des fermiers. Une fille simple, aux compétences simples, mais d'une grande beauté.

Humiliée qu'on parle d'elle comme si elle était déficiente, Morgaine sentit ses joues chauffer, mais elle garda la bouche close.

— Pourquoi était-elle allongée par terre ?

— Celle-ci est un peu sauvage, Commandant, répondit le sergent sans adoucir son ton. Elle est paresseuse et a l'esprit de contradiction. Par conséquent, son dressage a été strict et ses exigences éducatives ont été ajustées pour limiter ses défauts. Elle a besoin de plus d'attention que la plupart des autres.

Le commandant secoua la tête en pinçant les lèvres.

— J'en ai assez entendu sur ce cas et, franchement, je suis lassé par toutes ces demandes. Sa présence sur mon vaisseau distrait les rangs. Et venir ici pour la trouver exposée, en train de tenter mes soldats pour son seul plaisir… Je ne peux tolérer ça. Regarde ses cuisses… elles dégoulinent de cyprine. Ce genre de comportement lubrique n'est tolérable que dans les quartiers de plaisir, pour ceux qui ont mérité le droit d'être diverti par une Oméga, et non dans la galerie principale, au vu de tous.

— Elle est vierge, Commandant. Son corps se prépare à la pénétration. Nous soupçonnons également qu'elle est sur le point d'avoir ses premières chaleurs.

Insultée, Morgaine ne put tenir sa langue plus longtemps :

— Je ne leur ai pas demandé de grogner à mon intention. Pas plus que je n'ai apprécié ça. Ne vous imaginez pas que j'ai fait ça exprès !

— Silence !

Le rugissement du commandant l'ébranla, et elle recula.

— Je ne veux plus t'entendre, Morgaine, ajouta le sergent Uriel, tout aussi furieux.

Le commandant jaugea l'Oméga tassée, ses sourcils broussailleux froncés sur un regard inflexible, et décida de son sort.

— Si tu ne veux pas qu'elle s'asseye, alors rend la position assise douloureuse. Trois coups de canne sur les fesses. Deux sur les épaules. Demain, nous verrons si elle peut se tenir droite et prendre son honneur au sérieux. Si je la revois à terre, le châtiment sera doublé. Les Omégas doivent savoir où est leur place.

LA PUNITION FUT ADMINISTRÉE sans attendre. Dans un concert de grognements de déception provenant des mâles qui n'avaient pas encore pu rejoindre les premiers rangs, Morgaine fut tirée hors de sa cage en verre. Brutalement.

Elle fut escortée dans les couloirs, traînée quand elle n'arrivait pas à suivre, sous le nez d'inconnus qui la regardaient passer bouche bée. Une fois devant sa porte, elle vit le sergent Uriel presser sa paume contre le mur, qui s'ouvrit aussitôt.

Elle fut jetée à l'intérieur, où se trouvait déjà le caporal Esin, souriant. La pièce était décorée de lumières clignotantes et sentait les effluves d'un repas salé. Lorsque le caporal vit la contenance orageuse d'Uriel, toute trace de joie s'envole de son visage.

— Elle doit être fouettée.

— Je souffrirai sa punition, déclara le caporal en soulevant déjà sa tunique. Autant de coups que vous jugerez bon, Sergent.

La porte se referma derrière eux, le mur de nouveau sans imperfection, puis Uriel lâcha enfin son bras endolori.

— Pas question. Le commandant a ordonné cinq coups pour lui rappeler ce qu'elle est et à qui elle doit son allégeance. Pour t'avoir manqué de respect, j'ajouterai un autre coup.

Déçu, Esin lui adressa un regard qui lui fit si peur que ses poils se hérissèrent.

— Sergent. Six coups… Elle est si menue.

— Tu peux la soutenir et la réconforter pendant.

Et ce fut fait sans attendre. Interloquée, Morgaine fut traînée jusqu'à la fosse et jetée sur le ventre. Entre eux, ils la mirent en position. Elle était trop choquée pour comprendre ce qui allait suivre.

Esin retint ses avant-bras. Il les éloigna de son corps et les plaqua contre le sol sous son poids. Ses cheveux furent rassemblés et dégagés de son dos, et son vêtement mis de côté avant qu'elle ait le temps de protester… Elle ne savait même pas où le sergent Uriel avait dégoté un bâton.

Un sifflement sec, puis une ligne de feu fendit la chair nue de ses fesses. Les coups tombèrent si vite, sans interruption, qu'au troisième, elle sanglotait et se débattait pour fuir.

Pendant tout ce temps, Esin lui murmura que si elle restait immobile, les coups de bâton feraient moins de dégâts. *Il la supplia.*

Le quatrième coup s'abattit entre ses épaules, le plus fort jusque-là. La fille, qui avait dépassé la capacité de faire face, hurla à l'homme qui la retenait de l'aider. Au cinquième, elle demanda grâce et marmotta tout ce qu'ils pourraient vouloir entendre pour que la douleur cesse.

Le sixième coup s'abattit, et elle sut à coup sûr qu'elle allait mourir.

Le sergent Uriel brisa la canne sur son genou et la jeta à l'autre bout de la pièce, fracassant au passage un pichet sur la table.

— J'espère que la douleur te rappellera que même si nous n'aimons pas punir nos femelles, nous n'hésiterons pas !

Il sortit en trombe, laissant derrière lui la puanteur de la colère d'Alpha et quelque chose d'encore plus terrifiant – les *scrupules*. Le fardeau des remords n'avait pourtant pas retenu sa rage ; quand bien même il se sentait coupable, le sergent Uriel l'avait tabassée jusqu'à ce qu'elle se soumette…

… et abandonnée aux soins d'Esin.

Avachie sur les oreillers, elle sentit la chair de son dos et de ses fesses la brûler. Morgaine ne se débattit pas quand le caporal encercla son dos. Elle n'offrit aucune résistance quand il caressa sa peau intacte.

Il était temps d'en finir et d'accepter le fait qu'elle avait été jetée en enfer.

Ce mâle avait maintenant le droit de la pénétrer. Et demain, un autre. Et puis un autre. Et encore un autre.

La menace qui avait plané au-dessus de sa tête serait mise à exécution, alors qu'elle était trop souffrante pour y faire quoi que ce soit.

Mais, à la place, il souffla doucement sur les zébrures et s'adressa à elle.

— Il n'y a pas de sang. Il a été étonnamment délicat. Le sergent aurait pu te frapper au point de lacérer la peau et de laisser des cicatrices.

— Ma seule valeur ici est ma beauté…, sanglota Morgaine en maudissant le monde entier.

Esin ne répondit pas. Il souffla à nouveau, comme si ce courant d'air pouvait l'apaiser.

— Comme c'était une punition, je n'ai pas le droit de te guérir. Je ne peux que t'offrir de la glace pour soulager la douleur.

Ce qu'il fit, prudemment, pour refroidir l'incendie qui irradiait de chaque morsure de bâton. En la manipulant, il lui parla de sa déception, du fait qu'il avait voulu l'impressionner à son retour.

— J'ai dépensé beaucoup d'argent sur les meilleurs plats disponibles sur ce vaisseau. Il y a même une bouteille de vin Hessmirn que j'ai gardée pour toi. Pour ma partenaire bien-aimée.

Morgaine ne chercha pas à se disputer avec la créature qui faisait glisser des glaçons sur sa peau fiévreuse. Elle hocha la tête pour l'apaiser.

— Quand tu seras calmée, je te préparerai une assiette. Ne bouge pas d'un poil. Repose-toi, douce renégate.

Et la nuit se poursuivit dans cette veine. Esin resta à ses côtés jusqu'à ce qu'elle s'endorme et passa de la glace sur ses plaies quand elle gémit. Il lui offrit de l'eau, du vin, de la nourriture, tout ce qu'elle aurait pu désirer.

Il n'essaya pas une fois de s'accoupler avec elle. Ç'aurait été impossible sans lui faire mal.

Et, pour ça, Morgaine lui en fut presque reconnaissante.

11

La punition du commandant avait eu l'effet désiré. Morgaine ne pouvait ni s'asseoir ni s'appuyer confortablement contre la cage en verre une fois enfermée à l'intérieur. Exhibée pour la deuxième fois en deux jours, elle se tint aussi immobile qu'une statue au centre de la cage, exactement comme ils le voulaient.

Quand on lui posait une question, elle y répondait. Quand des mâles inconnus ramassaient ses vêtements étalés devant sa cage pour les renifler, elle faisait comme si elle ne les voyait pas réagir et ajuster leur érection.

— Comment tu t'appelles ?

— Morgaine.

— Montre-moi tes seins, Morgaine.

Elle regarda par-dessus leurs têtes en écartant les

pans de sa robe. Ses tétons pointus frottèrent contre le tissu, puis les orbes charnus furent libérés.

Contrairement à la veille, elle ne s'apitoya pas sur son sort. Au contraire, elle ne s'autorisa à rien ressentir. Presque robotique, elle agit machinalement, évita de les regarder, se plaqua même un sourire sur le visage quand on le lui demandait — même si son expression redevenait toujours neutre après qu'elle eut fait ce qu'ils voulaient.

— As-tu été formée pour donner du plaisir à un Alpha ?

— Non. Je suis sauvage et on ne m'a jamais sautée. Les seuls accouplements que j'ai vus ont été projetés sur un mur dans ma chambre. Les détails étaient cachés.

Des mâles Alphas étaient en train de consulter le registre de données au pied de sa cage.

— Le caporal Esin détient la plus haute prétention, commenta l'un d'eux d'une voix forte. Tu vois ça, Régis ? Il n'aura pas atteint le rang pour prendre une partenaire avant au moins deux ans. S'il remporte sa cour, elle sera envoyée aux quartiers de plaisir jusqu'à ce qu'il puisse la revendiquer légalement.

Le sergent Uriel n'avait jamais mentionné une telle chose devant elle !

Son apathie s'envola, et une tonne de briques chuta dans son estomac.

— Quoi ?

Les mâles ne lui répondirent pas, mais continuèrent à discuter entre eux.

— Le caporal s'enrichira en la louant, et on peut déposer une demande pour partager sa compagnie avec lui. Regarde, elle pourra apparemment servir jusqu'à cinq mâles en même temps… dix pendant ses chaleurs. Quand il pourra enfin s'apparier avec elle, il aura le rang, le statut, l'argent et une Oméga bien dressée, avide de le satisfaire. C'est vraiment génial.

— Pas étonnant qu'il ait la prétention la plus forte, gloussa son ami. Ses bailleurs doivent être impatients de prélever leur commission sur ses bénéfices.

Toute l'affection que Morgaine avait pu ressentir pour Esin après ses soins tendres de la veille s'évapora. Elle fit un pas vers la vitre et tapota dessus avec ses articulations pour attirer l'attention des mâles.

— Grands soldats Alphas, pourriez-vous clarifier ?

Ils l'ignorèrent et continuèrent à faire défiler son dossier. Ils sifflèrent à ce qu'ils y lurent.

Cherchant désespérément une explication, elle balaya l'espace du regard en essayant d'établir un contact visuel avec n'importe quel mâle. Mais ce n'étaient pas ses yeux qu'ils fixaient, c'étaient ses seins, sa cuisse, la rondeur de ses hanches et sa taille de guêpe. Ses yeux n'avaient aucune importance.

Morgaine était invisible. Seul son corps comptait.

Elle baissa les yeux vers ses mains, ses ongles manucurés, et la tentation de les enfoncer dans sa chair et de la déchirer grandit en elle. Si seulement elle pouvait se rendre moche, peut-être qu'ils la laisseraient en paix.

… ou qu'ils la guériraient et enchaîneraient ses mains.

Frénétiquement, elle détacha le nœud simple de sa robe et l'écarta, afin que tous puissent la voir nue.

— Je veux un partenaire, n'importe quel partenaire. Je ne veux pas travailler dans les quartiers de plaisir. Qui peut offrir plus qu'Esin ? Que dois-je faire pour vous satisfaire ?

Enfin, elle avait leur attention. Le mâle qui lisait son dossier secoua la tête.

— Il a constitué son enchère très intelligemment. Le montant est élevé, plus élevé que je ne peux me le permettre. Mais, quand mon tour de te rendre visite sera venu, je payerai le prix et je te traiterai bien.

Morgaine se mit à abattre bruyamment ses paumes contre le verre, et la panique s'immisça dans sa voix.

— Personne ne peut offrir plus ?

Aucun ne proposa d'enchère plus élevée, même si plusieurs d'entre eux avaient l'air de la désirer plus que tout au monde.

Elle comprenait maintenant pourquoi ils étaient si nombreux à s'être assemblés autour de sa cage. Pas étonnant qu'ils soient si intéressés de lire son dossier et de renifler ses vêtements. Chacun d'eux aurait une chance de la connaître de manière intime… contre tribut.

Pendant deux longues années…

Elle n'avait qu'une chance de changer son sort. Alors, elle rejeta les cheveux en arrière et annonça :

— Je suis sauvage, mais je serai une bonne partenaire. Je suis travailleuse et appliquée.

— Les marques sur ton derrière prétendent le contraire, blagua quelqu'un derrière elle.

— On ne m'a jamais punie dans ma colonie, continua-t-elle, le souffle court, agitée. Je suis loyale et aimante. Les Alphas ne veulent-ils pas être aimés par une Oméga ? Je… sais comment récolter et stocker des herbes rares. Je sais tresser des paniers et coudre des vêtements. J'ai aidé à construire trois des maisons de mes voisins. J'ai élevé des chèvres qui produisaient du bon lait et de l'excellent fromage.

Ils avaient commencé à rire alors qu'elle énumérait la liste ridicule de ses attributs –aucune de ses compétences ne serait utile dans leur société.

— Je peux être la parfaite servante, dit-elle, changeant de tactique. Est-ce ce que vous voulez ?

— C'est ce que tu seras. Dans les quartiers de plaisir.

Morgaine recula, bouche bée, complètement perdue. Elle posa son regard vitreux sur le sol, sur l'endroit où sa robe était tombée en tas. Elle se pencha pour la ramasser, ce qui tira sur sa peau et fit brûler les plaies de son dos. Mais elle ne pouvait pas supporter de rester nue et de supplier. Pas devant ces *créatures* horribles.

Elle préférait encore supporter la douleur de la canne encore et encore que se soumettre à autant d'entre eux pour si peu.

— Je mordrai tous ceux qui viendront me voir dans les quartiers de plaisir.

Elle n'aurait pas dû dire ça. Immédiatement, plusieurs mâles s'approchèrent avidement.

— Je vous grifferai et je vous ferai saigner.

Le soldat aux yeux brillants qui était le plus près d'elle se lécha les lèvres.

— Je vous détesterai et je pleurerai pendant tout le temps de l'accouplement, siffla-t-elle en plongeant son regard dans le sien. Vous et tous les Alphas, vous me dégoûtez.

— Silence, sauvage, avant de mériter plus de châtiment que tu ne peux le supporter.

Une chose pour laquelle Morgaine était douée

sur ce vaisseau, c'était creuser sa tombe. Cela semblait être le moment parfait pour ramasser la pelle.

— Je préfère être brûlée sur le bûcher devant tous ceux que j'aime à laisser l'un d'entre vous me toucher.

Ses pensées un tourbillon d'actes malfaisants et de fins atroces, elle se changea en pierre. Elle ignora leurs grognements face à sa grossièreté et refusa de répondre à leurs questions. Ils finirent par se lasser et, au fil des heures, la foule se dispersa.

Morgaine avait entaché sa réputation, mais elle s'en moquait.

Elle se moquait de tout.

Ignorant l'anxiété qui faisait cogner son cœur, les Alphas cessèrent de traînasser et s'éloignèrent en formation. Ils abandonnèrent sa cage pour la première fois depuis qu'elle y avait été enfermée ce matin-là et lui permirent de voir l'immense galerie.

Une vaste pièce qui, en dehors des bruits de pas qui s'éloignaient, était soudain devenue étrangement silencieuse.

Morgaine déglutit et inspira profondément. Elle se tint prête, sûre que le commandant allait arriver et la juger de manière défavorable.

Peut-être lui couperaient-ils la langue, tout comme ces hommes l'avaient fait à sa tante des années plus tôt.

Peut-être la violeraient-ils, après tout.

À en croire l'armure étincelante qui apparut à l'autre bout de la pièce, le commandant était arrivé, ainsi que plusieurs Alphas de haut rang derrière lui. Elle raidit les épaules et se prépara à regarder son persécuteur dans les yeux tandis qu'il décidait de sa prochaine punition.

Mais son attention n'était pas posée sur elle. À la place, il se tenait devant ses hommes... et attendait.

Morgaine plissa les yeux, mais put à peine distinguer ce qu'ils fabriquaient à l'autre bout du vaste espace. Les colonnes qui soutenaient le haut plafond de la galerie l'empêchaient de bien voir, pareil pour le métal qui brillait de manière aveuglante dans leur dos. Cependant, quelque chose d'important, d'inéluctable, faisait vibrer l'air de tension.

Tous les soldats présents s'étaient mis en formation, comme s'ils se préparaient pour un défilé. Tous les yeux étaient tournés vers l'avant de la pièce.

Un deuxième groupe entra. Des Alphas, vu leur taille, mais pas vêtus des armures rouge vif des milliers de soldats qui patientaient en rangs organisés.

Ces mâles-là n'étaient ni soignés ni coiffés. Ils avaient des cheveux longs, étaient barbus... et montraient leur peau.

Torses nus, bras noueux… Certains ne portaient que quelques lanières de cuir tanné autour des hanches.

Qui qu'ils soient, ils ne ressemblaient en rien aux Alphas qui envahissaient toujours sa colonie. Leur apparence sauvage, et le fait qu'ils paradaient devant des soldats armés sans se soucier de leur attitude menaçante, la rendaient nerveuse.

Même de loin, elle pouvait percevoir leur mépris pour tout ce qu'ils voyaient.

Elle était trop loin pour entendre, mais elle vit le commandant s'incliner, ainsi que tous les soldats de haut rang derrière lui. Les invités ne lui rendirent pas cet honneur.

Si l'Alpha plus âgé se sentit insulté par ce manque de respect, il ne le montra pas. Il invita d'un geste celui qui devait être leur chef à se joindre à lui.

Pour une raison inexplicable, elle eut des sueurs froides en se rendant compte que s'ils traversaient la longueur de la galerie, ils passeraient à côté d'elle.

Ces Alphas, ces géants aux cheveux sombres et vêtus comme des sauvages… Il fallait qu'ils restent loin, très loin d'elle.

Personne ne faisait plus attention à elle. On l'avait oubliée. Mais, coincée dans l'enclos en verre sans nulle part où aller, elle se sentait plus exposée que jamais.

Son trouble émanait des mâles en formation non

loin d'elle. Ils avaient beau sembler fascinés par la scène, aucun d'entre eux ne paraissait heureux. Au contraire, l'air juste à l'extérieur de sa cage était teinté d'animosité, d'amertume… et même d'un soupçon de peur.

Qui étaient ces hommes ?

Décorum à part, ces invités… s'ils *étaient* invités… n'étaient pas les bienvenus. Pas plus qu'ils n'étaient attendus, visiblement. On aurait dit des pillards ; ils ricanaient et regardaient de haut tout ce qu'ils voyaient, se moquaient visiblement du cérémoniel mis en place. Les deux groupes convergèrent.

Le commandant et le sauvage aux cheveux foncés tournèrent et empruntèrent l'allée centrale, celle qui les ferait passer devant sa cage. Il n'y avait guère de conversation entre eux. Cela aurait exigé que le mâle pratiquement nu qui marchait à la hauteur du vieux commandant réponde à ce que celui-ci lui disait.

Il semblait que le sauvage ignorait ostensiblement son escorte de haut rang. Il marchait d'un pas délibéré en regardant droit devant lui. À leur approche, Morgaine trouva ces hommes encore plus étranges. Elle ne s'était pas trompée : ils avaient des cheveux presque aussi longs que les siens. Bon nombre d'entre eux affichaient des cicatrices voyantes : des balafres en travers du torse, des replis de peau en forme d'étoile, brillants.

Bien qu'elle n'ait jamais vu une plaie de cette sorte guérie, elle avait vu de nombreux villageois mourir de coups de blaster. Elle avait vu comment la peau qui entourait la plaie s'ouvrait soudain comme une fleur.

Des guerriers ?

Était-ce une sorte de rituel ? Était-ce pour cela qu'ils exposaient tant de peau ?

Étaient-ce des soldats d'élite ?

Leurs traits étaient différents de ceux des autres hommes. Leurs pommettes plus hautes, leurs arcades sourcilières plus prononcées.

Des étrangers.

Ces hommes, ils semblaient durs. Plus disgracieux que leurs homologues aux armures brillantes, rouge vif. En comparaison, ils étaient monstrueux.

Un élancement de douleur la fit tressaillir. D'instinct, Morgaine avait reculé jusqu'à ce que son dos marqué et meurtri touche le verre. Son sifflement passa inaperçu, car les hommes étaient encore trop loin dans la galerie pour l'entendre, et les plus proches semblaient avoir oublié son existence.

Le commandant discutait avec le mâle à la mâchoire carrée, renfrogné, à l'avant de la cavalcade. Comme les autres, il portait son arme à la hanche. Elle ne ressemblait pas aux blasters et aux couteaux des Alphas qu'elle connaissait. En réalité, elle n'aurait pas reconnu que c'était une arme si le commandant ne l'avait pas regardée plusieurs fois. À chaque fois, il projetait le même dégoût que quand il l'avait regardée la veille.

Mais sous ce dégoût se cachait de l'inquiétude.

Voir un homme aussi dur et cruel afficher cette hésitation voilée ne la rendait que plus nerveuse.

Ils étaient maintenant assez proches pour qu'elle les entende parler, mais elle ne comprenait malheureusement qu'une des langues. L'*invité* répondait d'un timbre bas et par grondements rauques, qu'un mâle invisible traduisait derrière lui.

Un véritable étranger.

Les colons racontaient parfois des histoires sur des peuples étrangers, sur les conditions extrêmes qui les avaient poussés vers ces nouveaux mondes. Dans les récits, les hommes décrits étaient tout aussi rustres que ceux qui s'approchaient.

Et s'approchaient de plus en plus près.

Assez près pour que plusieurs mâles invités l'aient remarquée, l'aient même vue ramener ses cheveux devant ses épaules pour se cacher derrière… tout en les observant du coin de l'œil.

Ils la fixèrent, comme si la vue les déroutait, tout en grommelant entre eux dans leur langue grossière.

Craignant de les avoir offensés, d'avoir mérité plus que quelques coups de canne, Morgaine leva les yeux vers leur chef et vit qu'il s'était arrêté net dans son élan.

Il la dévisageait tout en poussant des grognements et des sifflements bas.

Quelle qu'ait été la traduction, elle ne put l'entendre par-dessus le battement sourd de son cœur.

La fougue qu'elle avait montrée aux Alphas un peu plus tôt s'était asséchée, tout comme sa bouche. Elle aurait pu être remplie de sable.

Leurs regards se croisèrent.

Le regard intense d'un démon la piégea sous la coupe de la terreur.

Morgaine oublia comment respirer, comment cligner des yeux.

Le monstrueux étranger mit une main sur le torse du commandant quand celui-ci essaya de s'immiscer entre eux et le repoussa. Le vieil homme chuta, et des pas lourds piétinèrent le sol ; ses cheveux noirs volèrent derrière l'Alpha rugissant lorsqu'il se rua sur sa cage.

D'autres volèrent à sa suite, emboîtant le pas au mâle qui courait à toutes jambes dans sa direction. Il atteignit sa cage et ramassa sa robe de la veille, qui avait été abandonnée là pour être tripotée et reniflée par des inconnus. Il la porta à son nez, rugit, et commença à battre des poings sur la barrière transparente qui les séparait.

Alors qu'il martelait le verre, des fissures se

formèrent et la cage se mit à trembler. Morgaine poussa un cri.

Elle hurla et hurla encore en reculant, et se tapit pour se cacher, tant pis pour les plaies et la douleur.

Si elle avait pu se rendre invisible, si son âme avait pu s'envoler, elle l'aurait fait. Parce que le diable rugissait toujours et que les fissures s'étendaient sur le verre.

Des soldats se jetèrent sur lui, à la fois des hommes en armure vermillon et des hommes vêtus de cuir. Il fallut tout un contingent pour éloigner la bête hurlante, encore plus pour apaiser la discorde entre les deux groupes. Elle le vit être traîné hors de la galerie, vit ses tendons et ses muscles saillir dans son cou, ses dents claquer, ses yeux, braqués sur elle.

Ce qu'il lui cria dans sa langue horrible, jurons ou menaces, Morgaine l'ignorait. Elle avait plaqué les mains sur ses oreilles et hurlait toujours quand le sergent Uriel entra pour la récupérer.

Le mélange d'odeurs dans la pièce la frappa : le musc de la fureur, une cacophonie d'hommes, de sueur, d'agitation, de peur… de faim.

Dès qu'elle sentit des mains sur elle, elle se débattit, mordit et griffa, comme elle avait menacé de le faire. Mais un Alpha était bien plus fort qu'une Oméga traumatisée. Le mâle ignora ses contorsions et l'emmena précipitamment dans l'autre direction.

12

C'est vers le nid qu'elle plongea dès qu'elle fut libérée. Elle s'enfouit même sous les horribles fourrures, cherchant instinctivement à se protéger, tant pis pour les ordres qu'on lui lançait, pour les punitions qu'on lui réservait.

Cependant, personne n'essaya de la sortir de sa tanière. Le sergent Uriel n'aboya aucun ordre. Il était trop occupé à gérer les Alphas qui étaient entrés dans sa chambre à leur suite. Sous les mains qui couvraient ses oreilles, elle put les entendre se disputer, mais pas discerner leurs mots.

Ils la laissèrent tranquille.

Un léger poids la recouvrit même quand elle trembla, comme si une couverture avait été étalée sur un pied ou une jambe exposés par les peaux inadéquates.

Depuis qu'elle était arrivée dans cet horrible endroit, malgré la peur et l'incertitude engendrés par son *instruction*, jamais elle n'avait été plus terrifiée que lors de ces brefs instants pétrifiants, pendant lesquels elle avait vu sa cage en verre se fissurer.

Elle se l'imaginait encore, comme si elle pouvait l'entendre crier et marteler avec ses poings, rugir comme un fou furieux.

— Caporal Esin ! N'approchez pas du nid et ne la touchez pas ! tonna le sergent Uriel, afin que tous l'entendent. Ça vaut pour vous tous. L'Oméga est zone interdite.

— Sergent, elle était censée être à *moi* ce soir, intervint une voix qu'elle ne connaissait pas.

— Me suis-je mal fait comprendre ? aboya le sergent avec colère.

— Vous ne pouvez pas la laisser dans cet état. J'ai le droit légal de la calmer.

— Qu'on le fasse sortir de la pièce.

Elle ignorait à qui Uriel s'adressait, mais l'ordre avait été très clair.

L'empoignade fut de courte durée. Quand la porte se referma, la pièce se fit si silencieuse qu'elle entendit les pas s'approcher de l'endroit où elle s'était tapie.

— Morgaine, tu es à l'abri ici. L'Omari ne peut pas t'atteindre. Sors de là, pour que je puisse t'examiner.

Rien ne la forcerait à bouger, ni le ronronnement ni les menaces d'un Alpha. Ils allaient devoir employer la force pour la sortir de sous ses couvertures.

— Étant donné les circonstances, mieux vaut lui donner des calmants. Docteur, passez-moi la fiole.

D'un coup, la couverture qui cachait sa jambe fut relevée. Avant qu'elle puisse s'éloigner, quelque chose piqua sa peau, et le cri qui menaçait d'exploser de sa gorge mourut dans un soupir.

Une sensation agréable la submergea, qui lui rappela la sensation de sécurité douillette à laquelle elle s'était éveillée le tout premier matin. Les drogues rivalisèrent avec l'adrénaline et trouvèrent un juste milieu.

— La dose est forte. Elle pourrait ne pas être capable de s'asseoir toute seule, dit le médecin, alors qu'Uriel soulevait prudemment les couches sous lesquelles elle se cachait.

Quand elle vit les griffures ensanglantées sur la joue du sergent, elle sut qu'elle en était la cause. Tout comme elle avait mordu sa main au point de percer sa chair. Encore maintenant, elle pouvait sentir le sang sur ses lèvres et sa langue.

À moitié droguée, Morgaine le contempla avec dédain et marmonna :

— Vous m'avez battue avec une canne. Je

préfère être une Oméga sauvage et humble qu'un chien d'Alpha.

Uriel ne cilla pas. Il l'empoigna et la redressa, pour l'appuyer contre les oreillers malgré ses plaies.

— Le calmant doit réprimer son inhibition. Toute insulte lancée en ce moment sera effacée et oubliée.

Dans ce cas, elle n'allait pas se priver !

— Et toi, siffla-t-elle en posant lentement les yeux sur Esin, tu allais me prostituer pour de l'argent à la vermine qui bavait devant ma cage. Je ne pensais pas possible de détester quelqu'un autant que je te déteste. J'avais tort. Je te *HAIS*.

Il sembla sincèrement triste de l'entendre l'injurier et tout aussi choqué qu'elle soit au courant.

— Tu ne comprends pas, renégate. Je n'ai pas encore le rang pour revendiquer une partenaire. Mais, en travaillant dur, je pourrai initier un appariement dans moins de deux ans. Que sont quelques moments de déception par rapport à toute une vie de bonheur ? Penses-tu que je me réjouisse de devoir te partager avec d'autres hommes, que tu te délectes de leurs corps pendant les heures où je serai tenu de te partager ? Pas du tout. Mais c'est la seule manière de nous unir comme le destin le veut.

Ça ne ressemblait pas à Morgaine d'être grossière, mais elle jura d'une voix traînante :

— Je préfère encore baiser tous les Alphas répugnants sur ce vaisseau que te laisser me reluquer.

Des doigts couverts de cals claquèrent trois fois devant ses yeux à la vision brouillée.

— Ça suffit, Morgaine ! Concentre-toi ici, dit Uriel en s'agenouillant face à elle. Es-tu blessée ?

— Tout ce que vous faites ici fait mal, siffla-t-elle alors que les larmes commençaient à bouillonner.

Pourtant consciente des conséquences, Morgaine se recroquevilla et appela sa mère, encore et encore.

— Impossible de me faire comprendre quand elle est dans cet état. Donnez-moi une autre dose. Je l'examinerai quand elle sera endormie.

Cette fois, la piqûre s'enfonça dans son épaule et, peu après, elle se retrouva allongée comme un cadavre tout frais.

Un goût métallique assaillit ses papilles. Ses bras et ses jambes étaient alourdis par les effets déclinants des calmants. Couchée sur le ventre, le dos couvert de fourrures, elle n'avait ni bougé ni ouvert les yeux. Elle entendit des voix dans la pièce – pas du côté de la porte comme avant, mais près de l'endroit où une table était toujours couverte de nourriture.

— À ton avis, le Heidron a tué combien de ses

hommes en luttant pour se libérer ?

Les Alphas se mirent à rire, puis l'un d'entre eux répondit :

— Au moins, il fait le sale boulot à notre place. Des Omaris qui se pointent ici sans avertissement… Alliance récente ou pas, on ne se plie pas à leurs caprices.

Ces hommes assis à sa table se vantaient ou se mentaient à eux-mêmes. Elle avait vu de ses propres yeux le commandant s'incliner devant les étrangers.

— Il n'y a rien de drôle, dit Uriel pour couper court aux festivités. Vous tous, je vous suggère de compter les amis, frères et enfants que vous avez perdus pendant la guerre. Raccrochez-vous à ce chiffre et tenez votre langue avant que je vous la coupe. Croire qu'il n'y aura pas de lourdes répercussions après ce qui s'est passé dans la galerie montre encore une fois notre arrogance aveugle, que les Omaris ont déjà exploitée. *Nous avons capitulé devant eux.* Souvenez-vous-en.

— Si nos colonies n'avaient pas été menacées, le conflit se serait terminé différemment, Sergent, contra Esin d'un ton acerbe. Ils ne valorisent pas la vie des Bêtas comme nous. Le fait qu'ils violent et mutilent leurs Omégas est bien connu. Ce sont des animaux. On ne peut pas le laisser la prendre. Elle mourra.

— Tu n'es pas apparié à cette fille et, à moins

qu'elle n'entre en chaleur dans l'heure, tu n'as aucun moyen de sceller ta prétention à ce titre. Leurs vaisseaux de guerre ont déjà commencé à entourer notre flotte. Dès que son rut se sera apaisé, le Heidron va exiger qu'on la lui donne, ou il la prendra de force. Notre commandant n'aura pas le choix. Il ne risquera pas d'attiser une autre guerre sanglante pour une Oméga sauvage.

Alors comme ça, ils allaient la remettre aux mains de cette créature enragée. Vu les mensonges qu'ils avaient déjà proférés en lui promettant sécurité et amour, Morgaine ne fut pas surprise d'apprendre la nouvelle.

Elle ignorait ce qu'elle avait fait pour offenser ce mâle enragé, mais elle savait qu'il allait la tuer. Au moins, ce serait terminé. Vu la férocité avec laquelle il avait assailli sa cage, sa mort serait plus que probablement rapide.

C'était pour un mieux.

Les quartiers de plaisir auraient érodé son amour-propre. Être appariée à Esin lui aurait valu toute une vie de misère.

Elle grogna, repoussa les couvertures et s'assit. Elle frotta ses cils encroûtés et entendit les mâles repousser leurs chaises et se lever.

— Je dois faire pipi, marmonna-t-elle sans leur laisser le temps d'aboyer des ordres ou de poser des questions acerbes.

Uriel ordonna aux hommes de sortir, mais ne la livra pas à elle-même. Au contraire, il l'observa d'un regard perçant, qui ne l'aida pas du tout à se vider la vessie. Quand elle eut terminé tant bien que mal, il lui ordonna de se laver, puis de se vêtir et de manger.

Elle agit machinalement, toujours engourdie, sans savoir si c'était dû aux calmants ou au fait que son esprit s'était envolé.

Comme s'il lisait dans ses pensées, le sergent Uriel soupira.

— J'imagine que ce ne sera plus très long.

Il avait raison.

Le commandant lui-même entra dans sa chambre. Quand le mur brillant s'ouvrit en grand, elle vit qu'une petite armée attendait dans le couloir.

— Viens, Oméga. Tu vas aller rejoindre le Heidron omari à présent. Prions pour qu'il soit clément.

Ses lèvres teintées du rouge de la chair du fruit qu'elle venait d'avaler de force, Morgaine se leva. Ses cheveux humides, bouclés, tombant sous sa taille, sa vie volée, elle marcha vers l'endroit où on l'avait convoquée.

Bien que les restes des calmants ruissellent toujours dans ses veines, la peur trouva un moyen de s'épanouir à chaque pas.

La *créature* à laquelle ils allaient la donner...

Elle se souvenait de son regard dément. Cet Alpha sortait tout droit d'un cauchemar : couturé de cicatrices, barbare et menaçant.

Son peuple était assez puissant pour soumettre les soldats Alphas et s'inviter sur leur vaisseau.

Esin affirmait qu'ils violaient et mutilaient les Omégas.

Sa mort allait être horrible.

Elle poursuivit sa progression lentement ; Uriel ne s'avisa même pas de la toucher pour la presser à avancer plus vite. Son cœur cognait contre ses côtes, sa démarche vacillait et elle se demandait si elle allait pouvoir continuer... mais il était déjà trop tard.

Sans jamais lever les yeux du sol, elle sut que les Alphas étrangers étaient devant elle. Elle pouvait sentir leur sueur, le doux parfum du cuir, et entendre leurs murmures et grommellements.

— Vous êtes conscient que cette Oméga est imparfaite ? lança le commandant d'un ton bourru pour briser le silence. Vos hommes vous ont briefé sur ses défauts ?

La traduction commença aussitôt, et sa langue maternelle, si naturelle, devint gutturale.

La bête répondit. Sa voix était aussi éraillée que des graviers crissant sur la terre.

Quelques instants plus tard, le traducteur leur

donna la réponse du mâle menaçant. Des mots qui lui étaient adressés, à elle.

— Je t'ai apporté un cadeau, douce fille. Pourquoi ne me regardes-tu pas, pour que je puisse te le donner ?

Sa lèvre tremblait ; alors, elle l'aspira dans sa bouche et mordit. Les ongles enfoncés dans ses paumes, la douleur familière, Morgaine se força à obéir. Centimètre par centimètre, elle leva le menton, et ses yeux suivirent, jusqu'à ce qu'elle voie ce qu'il tenait devant elle.

C'était une fourrure miteuse, de la forme de l'animal brun qui avait été dépecé, assez grande pour l'envelopper tout à fait, moche comme tout.

— Je…

La brute s'approcha. Uriel posa ses mains dans son dos pour l'empêcher de se replier d'instinct. Dans un bruissement, la peau fut drapée autour de ses épaules, pour couvrir sa quasi-nudité et la réchauffer.

Il reprit la parole, et la traduction suivit aussitôt :

— Je n'avais rien de plus fin à disposition, mais je ne pouvais pas te laisser dans le froid et dénudée, pour que ces lâches te déshabillent du regard.

Le geste lui parut étrange, étant donné ce qu'elle savait des Alphas. Jamais ils ne s'étaient souciés qu'elle ait froid dans leurs tissus drapés, fins, et ils ne désiraient certainement pas que son corps soit caché à la vue. Les traiter de lâches semblait cependant peu judicieux.

Le mâle monstrueux se mit à ronronner tout haut, et ses mains se posèrent sur ses épaules. Là, il massa les muscles tendus, puis approcha son nez de ses cheveux pour les humer.

Sous l'influence de ce bourdonnement, de sa proximité, ses genoux faillirent se dérober sous elle. Au lieu de ça, ils s'entrechoquèrent, et elle prit une inspiration saccadée.

Elle n'avait toujours pas regardé son visage. Ses yeux étaient posés sur une longue cicatrice qui barrait sa poitrine. Bouche sèche, les bras serrés autour de la fourrure comme si elle pouvait la protéger, Morgaine encaissa.

Les doigts prudents sur ses épaules se resserrèrent, pour l'approcher de ce poitrail nu et couturé de cicatrices.

— Cette femelle est mûre.

— Ses premières chaleurs approchent, acquiesça le commandant, sec et concis. Ne faites pas attention à son âge. Comme je l'ai dit, elle est imparfaite.

Le ronronnement s'intensifia. Le mâle s'exprima dans sa langue rauque et laide, et le traducteur suivit avec des mots étonnamment doux :

— Si vous utilisez encore ce mot pour décrire ma *kor'yr*, je vous trancherai la gorge, j'émasculerai vos enfants et je ferai profaner votre partenaire.

Elle poussa un soupir et essaya de se dégager, mais sa résistance ne changea rien. Il posa sa main à l'arrière de son crâne et appuya sa joue contre son cœur tandis que l'autre bras enveloppait sa taille.

Coincée contre le corps de cet étranger, enveloppée dans le cuir rêche d'un animal inconnu, paniquée, elle geignit.

Les doigts firent des petits cercles sur son crâne quand il la serra plus fort.

Un ronronnement riche et enveloppant noya tout le reste. Elle pouvait le sentir dans chaque cellule de son corps et l'entendre d'une manière trop intime que pour l'ignorer. Son offrande était en elle et autour d'elle, tout aussi tentante que l'odeur qui remplissait ses poumons à chaque inspiration.

Ils avaient couvert la peau d'un parfum pour qu'elle sente bon, un mensonge pour couvrir sa brutalité. Mais, tout comme le ronronnement, l'odeur fit son effet. Ses muscles se détendirent, son cœur se remit à battre normalement, et Morgaine ferma les yeux.

— C'est ça, princesse. La peur n'est pas digne de toi.

Les doigts chauds s'enfoncèrent dans son cuir chevelu, puis le long de sa nuque avant de remonter, jusqu'à ce qu'elle pousse un soupir de soulagement.

— Viens, je vais te montrer ce que signifie être la kor'yr du Heidrôn Simin Gralloch.

13

Le transporteur s'envola sous leurs pieds, et Morgaine observa bouche bée la vue par le hublot. De l'autre côté de cette vitre, une planète entière brillait, et des centaines d'autres vaisseaux planaient dans l'atmosphère qui l'entourait.

Sa planète natale, juste là, si proche pendant tout ce temps.

Elle semblait à la fois si grande et si petite. La masse bleu-vert était indescriptible. Sa beauté suffisait à détourner son regard du mâle effrayant, qui la retenait tout près et entortillait ses longs cheveux dorés dans son poing comme une laisse.

Il désirait son attention et l'exprima en tirant doucement sur ses racines.

Ils violent et mutilent leurs Omégas.

La menace grave qu'Esin avait murmurée à Uriel avait fait effet, tout comme le ronronnement du sauvage, qui rivalisait avec sa peur.

Lorsqu'elle refusa de détourner les yeux, des doigts que les combats avaient rendus rêches s'approchèrent de sa gorge. Un pouce épais releva sa mâchoire, jusqu'à ce qu'elle soit forcée de lever la tête. Elle se retrouva face à son visage, à quelques centimètres de ses yeux, mais refusa toujours de croiser son regard. Le mâle posa son pouce sur sa lèvre inférieure et la tira sur le côté tout en poussant un grognement guttural.

Morgaine garda les yeux braqués sur son foyer.

Les doigts se resserrèrent autour de sa gorge et dans ses cheveux. Il n'y aurait pas d'autre avertissement. Son cuir chevelu la piqua quand elle fut obligée de renverser la tête en arrière. Elle dut se retenir à son avant-bras pour ne pas perdre l'équilibre.

Violer et mutiler.

Ce mâle lui ferait subir ces deux choses. À quoi rimait de refuser de croiser son regard ?

Elle inspira superficiellement avant d'obéir.

Ses yeux n'étaient pas bleus comme les siens, ni particulièrement beaux. Ils étaient trop sombres pour leur donner une seule couleur. L'un d'eux était entouré d'un cocard. Plus bas, les pommettes étaient ciselées, mais pas proéminentes. Les joues creuses. La mâchoire forte.

Une virilité extrême, sans aucune douceur.

Même ses lèvres ne paraissaient pas douces, mais elles se recourbèrent très légèrement aux coins dès qu'elle lui accorda son attention.

Il lui dit quelque chose ; une série de trilles graves.

Aucun autre mâle à bord ne lui offrit de traduction, même si elle balaya les environs du regard en espérant recevoir une explication.

Le Heidron profita de sa distraction pour poser sa bouche sur la sienne.

L'attaque avait été bien coordonnée. L'arrière de son crâne heurta un biceps épais. Il pinça sa mâchoire avec ses doigts pour lui voler un baiser. Son cri fut étouffé par la langue qui darda dans sa bouche. Morgaine sentit qu'il la retenait immobile, qu'il avait tout contrôle sur elle.

Comme il pinçait ses joues pour ouvrir sa mâchoire, elle ne pouvait même pas le mordre.

Le mâle prit son temps pour la goûter, tracer le contour de ses dents et avaler ses halètements nerveux, se moquant que d'autres les regardent.

Sa peau enfiévrée fourmilla, et elle se laissa aller. Qu'il fasse d'elle ce qu'il voulait. Il mordilla ses lèvres pour l'empêcher de les refermer et la taquina avec les ondulations de sa langue. Ce n'était pas du tout comme les baisers brutaux qu'Esin avait forcés sur sa bouche.

Ce mâle conquérait avec intelligence et non avec violence. Et, même s'il passait prudemment sa main sur sa gorge et ses clavicules, il ne la tripota pas.

Mais il le ferait.

Ces attentions non sollicitées de la part de l'Alpha continuèrent pendant tout le vol d'un vaisseau à l'autre, subies par une femme déroutée, qui ne comprenait ni pourquoi il se montrait si prudent ni pourquoi il ne lui grognait pas dessus, comme Esin l'avait fait quand elle avait refusé de lui rendre son baiser.

Il semblait que son manque de participation ne le dérangeait pas. Au contraire, plus elle se laissait faire, plus l'Alpha devenait excité. Le musc qui émanait de ses pores la couvrit, aussi inéluctable que la langue qui dansait entre ses dents.

Quand le transporteur atterrit et que la porte s'ouvrit, il la relâcha, mais la souleva aussitôt contre son torse avant qu'elle puisse faire un pas. Il abandonna sa flotte et entama sa marche sous les encouragements débridés de ses hommes.

Il la serra tout contre lui et ne lança qu'un seul cri triomphant en retour. Sentant sa surprise et la peur refaire surface, le mâle traversa le hangar en pressant le pas.

Couloir, couloir, couloir, gauche, trop de virages

pour les compter, un bip et une porte qui s'écarta de côté.

Pendant sa course effrénée, il ne cessa de balader ses mains sur elle, partout où il pouvait la toucher sans la lâcher, et garda sa langue sur sa peau comme un chien baveur. La fourrure, sa piètre protection, lui fut arrachée. Une main atterrit sur sa poitrine, et Morgaine fut repoussée jusqu'à ce qu'elle tombe en apesanteur.

Des coussins amortirent sa chute, mais pas la douleur des zébrures et des bleus qui parsemaient sa peau. Puis la bête se retrouva au-dessus d'elle, tout sourire, lâchant des inepties gutturales qu'elle ne pouvait pas comprendre, et se mit à lui arracher ses vêtements.

C'était attendu. Ils étaient tous comme ça.

Dès que l'Alpha l'eut dénudée, il se figea. Ses bras fléchis, muscles saillants, il haleta en l'observant. Il se lécha les lèvres en voyant ses tétons roses et eut un sourire lubrique en admirant son ventre plat, sa peau veloutée.

Les jambes écartées de part et d'autre de ses hanches, Morgaine était complètement exposée quand ce regard affamé fondit sur son bas-ventre. Sa fente brillait de sécrétions, étalées sur l'intérieur de ses cuisses… Les satanées sécrétions qui affectaient son corps depuis qu'on l'avait arrachée à sa chaumière.

— Je ne sais pas comment les arrêter, souffla-t-elle, gênée, en essayant de retenir l'écoulement qui ruisselait entre ses fesses.

En poussant un grognement, il repoussa ses mains, attrapa ses poignets et les retint. Il écarta même les genoux pour l'ouvrir encore plus, pour voir la petite fente papillonner derrière ses lèvres douces.

Rose, jolie, qui palpitait face à une telle attention.

En ronronnant, le barbare poussa des grogne-ments menaçants qui retournèrent son corps contre sa terreur.

Après un grognement particulièrement grave, un écoulement de cyprine gicla de sa chatte. Choquée, Morgaine essaya de reculer.

Plus elle essayait de bouger, plus le mâle souriant contre-attaquait.

Il continua à grommeler des choses incompré-hensibles tout en baissant la tête. Empoignant ses fesses, il les posa sur ses épaules, de part et d'autre de son visage. Une langue épaisse récolta autant de cyprine qu'elle le put en un seul passage. Il la rassembla dans sa bouche pour la savourer.

Les yeux fermés, il poussa un gémissement grave, affamé, et avala.

Cet acte, elle ne l'avait jamais vu projeté sur son mur pendant ses leçons. Ce qu'il lui faisait était déplacé, et Morgaine pleurnicha quand il plongea à nouveau entre ses cuisses pour la goûter.

C'était l'autre organe de cet Alpha qui était censé être enfoncé en elle, pas cette langue qui avait recommencé à la lécher. Il sonda sa fente, titilla les lèvres charnues, humides et, pire que tout, donna une chiquenaude sur un endroit qui la fit crier et retenir son souffle.

Le sergent Uriel n'allait pas entrer dans cette pièce et demander à ce mâle d'arrêter. Ses suppliques n'avaient aucun effet sur lui. En fait, elles n'avaient aucun sens à ses propres oreilles.

Encore et encore, la brute festoya. Morgaine sentit ses yeux rouler dans leurs orbites.

Une sensation d'impuissance avait aspiré tout l'air de la pièce et la faisait haleter et se trémousser. Elle avait même écarté les cuisses, comme si elle en redemandait. Sa peau fourmillait, et une immense vague de sensations…

Elle hurla tandis qu'une explosion de chaleur dans son bas-ventre lui volait tous ses sens. De la lave s'écoula dans ses veines, lui tordit les entrailles et brûla davantage quand le mâle fit passer sa langue encore plus vite sur le cœur des sensations.

Il libéra son poignet, et elle posa la main sur son front pour le repousser… trop tard. Les doigts pointant comme un javelot, il les enfonça jusqu'aux articulations dans sa chatte palpitante et trempée.

Ses parois internes enrobèrent les doigts, comme pour les attirer plus profondément, et les comprimèrent tandis que son corps tout entier était agité de spasmes incontrôlables.

C'était comme si la fin n'arriverait jamais, la fin de ce mal qu'il infiltrait dans son corps. Le pire, c'était que c'était si bon qu'elle ne pouvait s'empêcher de se déhancher contre ses doigts.

Quand la vague de plaisir reflua lentement, son entrejambe se retrouva mou, tendre et gonflé. Elle renversa la tête en arrière, le poing d'un étranger à moitié enfoncé dans son corps. Il lui sourit en le retirant doucement, prudemment, quand bien même ses parois faisaient de leur mieux pour le retenir.

Il frotta sa main gluante de sécrétions sur son torse nu, ce qui y laissa une marque brillante.

Ensuite, il posa les doigts sur sa ceinture, et Morgaine ne sut quoi faire.

En cet instant, elle ne savait même plus qui elle était.

Le cuir s'écarta, et l'Alpha s'empara de sa queue dure, puis se caressa en la regardant.

Le gland était enflé, et un fluide nacré en perlait. La longueur palpitait de manière continue, bien plus épaisse que les organes des mâles Bêtas qu'elle avait vus sur son mur. À la base, elle vit bourgeonner un nœud bulbeux, que son vagin ne pourrait jamais contenir.

Il allait forcer cette monstruosité en elle, tout comme l'Alpha l'avait fait dans la projection.

Tout en la dévisageant, le mâle continua à caresser son sexe immense en poussant des grognements aux consonnances gutturales, rythmées. Ce qu'il lui disait, elle n'aurait certainement pas voulu l'entendre traduire. C'étaient des cochonneries, des saletés, des choses qui l'humilieraient encore plus qu'elle ne l'était déjà.

Pour quelle autre raison l'aurait-il regardée comme ça ?

D'une main, il s'empara de son épaule et la pressa de se retourner. Elle ne lutta pas, car son corps était encore secoué par les sensations écrasantes, son esprit piégé par son ronronnement. À genoux, les mains plaquées au bord du lit enfoncé, Morgaine le laissa remonter ses hanches et ferma les yeux.

Elle le sentit balayer les cheveux de son dos… puis plus rien.

Le mâle agenouillé entre ses cuisses ouvertes ne la touchait pas. Elle pouvait sentir sa chaleur corporelle, mais aucun mouvement.

S'apprêtant à encaisser, elle banda tous ses muscles. Mais il ne la pénétra toujours pas.

Elle renifla et, les larmes roulant sur ses joues, regarda par-dessus son épaule. Surprise, elle vit une expression de rage sur le visage de l'Alpha.

Ses mains, les doigts étalés, planaient au-dessus des zébrures sur son dos.

Sa seule valeur aux yeux des Alphas était sa beauté, et elle dégoûtait déjà celui qui avait tout pouvoir sur elle.

Effrayée, elle s'assit sur une hanche, ramena ses genoux sous son menton et se fit aussi discrète que possible. Elle lui présenta même des excuses.

— On m'a dit qu'il n'y aurait pas de cicatrices. Vous ne les verrez pas longtemps.

Il se remit debout et la domina de toute sa taille, les narines dilatées et les yeux fous. Quand elle commença à pleurer, il bondit hors du nid. Le mâle attrapa le meuble le plus proche et renversa la table avec une telle force qu'elle se brisa contre le mur. Puis une chaise fendit l'air et se fracassa, et son rugissement lui évoqua celui d'un dragon. Lorsqu'il eut détruit tout ce qui se trouvait dans ce coin de la pièce, la brute franchit la porte en s'époumonant.

14

———

Jamais Morgaine n'avait vu ce niveau de rage, cette perte totale de contrôle.

Dès qu'elle se retrouva seule, elle sortit de la fosse de l'étranger, enfila les lambeaux de ses vêtements et attrapa le premier semblant d'arme qu'elle put trouver.

Un bout de métal tordu, dont le bord était assez tranchant pour entailler sa paume quand elle le serra.

L'agencement de ses quartiers ne lui était pas familier, mais elle courut de pièce en pièce en cherchant une cachette ou une sortie. La salle d'eau était trop petite, la salle à manger trop spartiate. Elle arriva dans un salon qui donnait vue sur l'espace. Là, elle vit qu'ils avaient quitté sa planète et qu'une flotte de vaisseaux volaient à leurs côtés.

Le poids de la situation lui donna la nausée.

Elle était seule dans l'espace, à essayer bêtement de se cacher dans une chambre sombre de l'homme à qui on l'avait donnée comme un agneau sacrificiel.

… comme s'il ne la retrouverait pas.

Elle comprit le ridicule de sa tentative. Alors, elle regarda le tesson tranchant dans sa main, la manière dont elle serrait sa robe déchirée contre sa poitrine, et perdit tout espoir.

Quel que soit le sort qu'ils lui réservent, elle ne pourrait rien faire pour l'empêcher.

Elle passa le revers de sa main sur ses joues rougies et chassa ses larmes. Puis elle redressa les épaules pour faire face à son destin avec le reste de dignité qu'elle put rassembler.

Elle entendit l'Alpha rentrer dans ses quartiers. Ravalant sa nausée, elle se détourna de la vue et se leva pour qu'il la voie quand il entrerait dans cette dernière pièce. Ce qui ne lui prit pas longtemps.

Toujours nu, sa queue ramollie épaisse entre ses cuisses, il entra en fronçant les sourcils. Un homme entièrement vêtu, plus petit et moins musclé, le suivit et baissa aussitôt les yeux.

Ce compagnon épuisé était clairement un Bêta, comme les hommes de sa colonie – le premier Bêta qu'elle voyait depuis des jours.

L'Alpha commença à parler d'une voix basse, calme, veloutée et presque poétique. Il ronronna.

Un instant plus tard, le Bêta traduisit :

— Notre Heidron aimerait savoir qui t'a frappée et pourquoi.

En quoi était-ce important ? Elle ne comprenait pas pourquoi il s'en souciait.

Morgaine resserra la main sur son arme de fortune et la sentit inciser sa paume, jusqu'à ce que du sang chaud coule le long de la lame. Le Heidron renifla l'air et posa les yeux sur sa main. Lorsqu'il fit mine de s'approcher, elle plissa les yeux et gronda sur le duo.

— On m'a arrachée à ma mère, on m'a forcée à subir des *leçons* sur comment être une bonne Oméga, on m'a menacée constamment avec des attentions masculines malvenues et on m'a espionnée à chaque minute de la journée. On m'a frappée parce que je n'étais pas contente de mon sort.

Ses mots furent traduits à l'Alpha, qui observait sa main en sang avec les yeux plissés, lui aussi. Visiblement, il ne trouva pas sa réponse satisfaisante.

— Qui t'a frappée et pourquoi ? demanda à nouveau le Bêta.

Morgaine trouvait la question futile étant donné la brute qui la posait, mais elle répondit en sifflant :

— La veille de votre arrivée, je me suis assise dans la cage en verre et j'ai ignoré les questions grossières et les demandes vulgaires des Alphas qui venaient enchérir sur mon corps. Le commandant s'est assuré que je ne pourrais ni m'asseoir ni m'avachir le lendemain. Il a ordonné que je sois battue cinq fois. Le sergent responsable de ma transition a exécuté ma punition et a ajouté un sixième coup pour faire bonne mesure. L'Alpha qui avait fait la plus grosse offre pour me posséder m'a immobilisée, même s'il a offert de subir ma punition à ma place.

Chaque mot fut traduit à celui qui la dévisageait. Sans la quitter des yeux, il s'adressa au Bêta afin qu'il traduise :

— Tu sens la peur.

— Vous êtes terrifiant, rétorqua-t-elle, et sa lèvre trembla.

— Et tu crois que tu pourras me repousser avec un bout de métal tordu ?

Morgaine baissa les yeux vers l'arme couverte de sang.

— Non mais, si je vous contrarie assez, vous me tuerez plus rapidement.

Il s'approcha d'elle, arracha le tesson de ses doigts engourdis et le lança sur le mur le plus proche.

— Une arme n'est d'aucune utilité si tu n'es pas prête à la brandir, jeune fille. Je te conseille de ne jamais plus me menacer.

Il prit sa main dans la sienne et inspecta la coupure peu profonde.

Tout semblant d'amour-propre et de bravoure disparut quand il la lécha.

— Si vous êtes fâché à cause des marques dans mon dos, on m'a assuré qu'il n'y aurait pas de cicatrice.

Il posa la paume de sa main sur sa joue et enfonça les doigts dans ses cheveux. Une goutte de son sang couvrait ses lèvres.

— Je suis fâché à cause des blessures, grogna-t-il. Très fâché. Mais pas sur toi.

Ne sachant pas quoi dire, Morgaine ferma les yeux, et un long soupir s'échappa de ses poumons. À nouveau, il posa sa joue sur sa poitrine, la main sur son crâne et l'autre bras fermement autour de sa taille.

Le ronronnement sonore lui évoqua du sable chaud dans lequel elle pouvait se noyer. Il lui semblait traître et trompeur quand bien même il promettait chaleur et sécurité. Comme ce qu'il lui avait fait dans son nid, quand il avait retourné son corps contre elle et l'avait rendue vraiment *sauvage*.

Le mâle savait la contrôler d'une manière que le sergent Uriel n'avait fait qu'effleurer et que le caporal Esin n'avait encore jamais apprise.

— Je ne sais pas quoi faire, marmonna-t-elle en se rapprochant de ce bruit.

Ses mots avaient été trop bas pour que le traducteur les entende ; pourtant, l'Alpha répondit comme s'il avait parfaitement compris.

— Il dit que tu vas te reposer, maintenant, annonça le Bêta.

Le traducteur fut congédié, et Morgaine ramenée dans la chambre à coucher. Cette fois, il ne la repoussa pas sur les oreillers, mais l'allongea prudemment sur le ventre. Peu de temps après, il se coucha près d'elle et massa un onguent froid sur son dos et ses fesses, jusqu'à ce que la douleur disparaisse.

Il lui parla, comme s'il expliquait ses actions. Il banda sa main, caressa ses cheveux et, réchauffée par sa chaleur corporelle, elle sombra dans des rêves ancrés par le son de la voix riche et vibrante de l'étranger.

SES CHEVEUX sombres glissant sur la peau aussi douce que des plumes, Simin prit son temps pour marquer sa partenaire de son odeur tandis qu'elle dormait. Lorsqu'il frotta sa mâchoire légèrement barbue contre ses formes voluptueuses, de la chair de poule couvrit sa peau, et la bouche de sa kor'yr forma un doux sourire.

Les mâles savaient ronronner, et il l'avait déjà

fait pour d'autres femmes, mais jamais aussi fort que pour celle-ci. Elle le poussait à faire énormément de bruit, à faire résonner ses côtes pour lui insuffler du calme.

Tellement plus docile dans son sommeil... Il vénéra chaque centimètre carré de sa peau.

Elle ne se raidit pas quand il goûta son corps. Aucune odeur de peur n'émana d'elle.

Non, elle sentait le soleil.

Il avait aussitôt reconnu son odeur à bord du vaisseau ennemi. Il était entré dans une rage incontrôlable en la voyant emprisonnée. Il l'avait *sauvée* de ces faiblards de Nierras. Il l'avait emmenée dans un nid où il comptait la chérir et l'adorer. Où il s'accouplerait avec elle. Où leurs jeunes naîtraient.

Il passa des heures à explorer, à calmer et à soigner sa conquête épuisée.

Tirant prudemment un téton dans sa bouche, il grogna en la voyant se tortiller dans ses rêves. Son goût était tout simplement décadent, et il ne put les départager quand il lécha ses tétons tour à tour. Quand il avait passé la langue entre ses orteils, elle s'était cambrée dans son sommeil. Même ses cuisses s'étaient légèrement écartées, pour lui donner un aperçu de sa jolie chatte trempée.

Sa résistance, quand il l'avait léchée des heures plus tôt, avait été mignonne. La petite n'avait pas du tout compris ce qui se passait et avait été d'autant plus surprise d'aimer ça.

Les Nierras devaient traiter leurs femelles de manière aussi mièvre que leur stratégie de combat : tout en apparence, sans aucune substance. La fille ne le savait pas encore mais, en dépit de sa peur et ses hésitations, sa vie serait bien meilleure en tant que sa kor'yr.

Même si elle le trouvait moche.

Au moins, il savait comment baiser.

En parlant de baiser, c'était ce qu'il voulait faire à présent : se glisser en elle pendant son sommeil et la réveiller, sa chatte pleine de sa queue. Elle aimerait ça, tout comme elle avait aimé sentir sa langue sur son clitoris. Cela ne faisait aucun doute dans l'esprit de Simin.

Les couilles en feu, il serra la base de son membre et l'astiqua assez fort pour changer la douleur en plaisir. Il aurait pu jouir rien qu'en la regardant. Tenté de se vider sur l'Oméga endormie, d'imprégner ses lèvres de sa semence, Simin gronda.

Au son de sa frustration, la fille écarta sa jambe gauche dans son sommeil, lui ouvrant sa chatte dans une offrande silencieuse.

Il lui fut si facile de se tenir en équilibre au-dessus de son corps, d'approcher son gland de sa fente accueillante.

Ils avaient dit qu'elle était vierge. Une vierge qui allait connaître sa première queue. Elle avait crié sous sa langue, hurlé en jouissant. Que ferait-elle en sentant son premier nœud ? Il était prêt à parier cinq vaisseaux et une planète agricole qu'elle glapirait.

Même dans son sommeil, son corps réagissait à ses grognements graves. L'arôme de sa cyprine était plus fort de seconde en seconde. Un seul déhanchement, et son gland épais s'enfoncerait dans son passage étroit. Une ruade, et elle serait pleine à ras-bord.

Son corps suivit ses pensées et se fraya un passage dans son offrande parfumée.

Les yeux de la jolie petite s'ouvrirent quand il la pénétra, l'étira et revendiqua son trou étroit.

Si trempé et chaud. Elle sentait si bon – le rut allait être violent.

Il poussa un grognement sec, tonitruant, en retroussant les babines, puis s'enfonça, prêt à la dompter.

La surprise sur son visage fut aussi belle que la contraction de sa chatte autour de son invasion palpitante.

Il rua profondément et sentit sa perfection.

— Kor'yr, je veux t'entendre crier à nouveau.

Et pour crier, elle cria. Mais ce n'était pas un véritable cri, car aucun son ne s'échappa de sa gorge quand elle renversa la tête en arrière. La puanteur de la peur teinta l'air, juste à temps pour exciter l'Alpha, qui lui montrerait que la peur pouvait épicer le plaisir, tout comme la douleur pouvait intensifier la jouissance.

15

Ça ne pouvait pas être réel. Impossible. Oh ! comme elle était pointue et crue, cette chose qui l'étirait de l'intérieur à une profondeur qui semblait impossible.

Morgaine enfonça ses ongles dans les biceps chauds, pour se retenir à quelque chose, quand la première crampe remonta le long de sa colonne vertébrale et lui donna le tournis. Cet organe au gabarit exceptionnel ne rentrerait pas, et son corps menu se rebellait avec véhémence.

Sans en tenir compte, le mâle rua en avant, jusqu'à ce que ses hanches puissantes entrent en collision avec son bassin étroit.

Malgré ses va-et-vient brutaux, ses lèvres murmuraient tout doucement à son oreille. Elle n'en comprenait pas le sens, mais son intention était claire. Il semblait en proie à une souffrance encore plus intense que la sienne. Sa voix rauque était tendue, étranglée et basse.

Écartelée par cette invasion brûlante, elle essaya de le repousser, ce qui soutira au mâle un gémissement béat. Quand elle haleta en rythme avec lui, il la loua.

Dans un lit encastré dont l'odeur était à la fois douce et étrange, contemplant le plafond en mosaïque d'une pièce aussi inconnue que le mâle qui abusait de son corps, Morgaine comprit enfin de quoi les Alphas étaient capables.

C'était comme se faire traîner sur le flanc d'une montagne, les jambes tordues et le dos plié en deux. C'était comme être remplie d'or liquide et de serpents qui se tortillaient. Cellule par cellule, la sensation prit le dessus et l'enferma dans une partie de son esprit brouillée par le plaisir, qu'elle l'ait invité ou non.

Son contrôle était aussi vague que le regard de l'Alpha, mais même cela lui fut arraché.

Le membre qui lui poignardait les tripes changea de forme. Il tira, se dilata et se coinça à l'entrée de son vagin.

Un nœud en train de se former.

Tout comme l'Oméga qu'elle avait vue sur l'écran, Morgaine commença à gémir pour qu'on la soulage… et le soulagement vint. Ses entrailles se tordirent, convulsèrent autour du nœud et l'attirèrent vers son bas-ventre ravagé, mais qui en redemandait.

Quand le premier jet de semence brûlante jaillit dans son tunnel, elle hurla.

Il n'y avait pas de mots pour décrire les sensations.

Une autre éruption suivit, et elle mordit le biceps du mâle pour retenir un hurlement.

Une troisième, une quatrième… Elle crut que la pression de son sperme qui s'accumulait derrière le nœud allait la faire exploser.

— *Youvertr'kril, dorngut yaka nilie*, haleta le mâle en posant son front contre le sien.

Quand sa tête cessa de tourner, Morgaine vit que ses mains étaient enfoncées dans ses cheveux foncés. Elle se retenait à lui. Même ses cuisses entouraient avidement sa taille.

Elle se retenait à lui comme si la vie elle-même n'existait que dans son étreinte.

C'était comme le sergent Uriel l'avait affirmé. Rien ne l'avait émue autant que sentir un nœud grossir en elle. Elle contempla les yeux laiteux qui brillaient en la regardant, consciente que cela aurait pu être n'importe quel Alpha… et comprit que les mâles réalisaient le pouvoir qu'ils exerçaient. Qu'ils avaient souillé un acte qui aurait dû être beau.

Être Oméga signifiait être consumée, ravagée et rejetée.

Aurait-elle ressenti autre chose dans les quartiers de plaisir, ou serait-elle montée au septième ciel avec chaque mâle qui aurait payé son tribut à Esin ? Où étaient l'intimité et l'amour dont Uriel avait parlé ?

Mensonges.

Morgaine passa les mains sur les épaules larges et le long des bras musclés du mâle, afin d'apprendre ses formes et sa texture, de se forcer à reconnaître qui il était et ce qu'il lui avait fait.

En elle, il était toujours solide comme un roc. Quand elle essaya de bouger les hanches, elle découvrit que son corps était prisonnier du sien. Le nœud les liait toujours. Aussi exquis qu'il était horrible.

Il lui sembla mal d'avoir apprécié l'acte, encore pire de savoir qu'elle l'apprécierait encore et encore. *Ils ne t'utiliseront pas qu'une fois.* Uriel avait été clair sur ce point. Esin avait été clair sur ce point. Les mâles qui s'étaient rassemblés autour de sa cage en verre avaient été clairs sur ce point.

Le cœur brisé, elle croisa le regard de l'homme dont la queue palpitait toujours en elle et lui dit son prénom :

— Morgaine.

Au début, il ne sembla pas comprendre. Puis il sourit.

— Simin. Heidron Simin Gralloch, dit-il avant de déposer un léger baiser sur ses lèvres. Kor'yr Morgaine.

Ses muscles vaginaux ondulèrent et se contractèrent autour de son membre. Au même moment, elle vit les yeux de Simin se fermer, et il poussa un soupir de plaisir. Il était toujours en proie à l'extase, submergé par le ravissement – une énième vague de semence gicla de son corps dans les profondeurs du sien.

Elle se cala dans les oreillers et ferma les yeux, pour attendre que ça passe et penser à autre chose.

Mais son apathie était apparemment inacceptable aux yeux du mâle, qui se déhancha en elle, se frotta contre ses zones hypersensibles, jusqu'à ce qu'elle aussi se mette à gémir.

Quand il lécha son pouce et l'appliqua contre son entrejambe pour manipuler les nerfs de son bourgeon, il fallut à peine trois caresses pour qu'elle jouisse à nouveau. Elle gémit en sentant ses entrailles brûler et fondre, en sentant le nœud envahissant grossir encore plus.

Il ne la laisserait donc pas en paix.

Quand la nature décida que leur accouplement touchait à sa fin, le nœud rétrécit, et une vague de sécrétions sortit en bouillonnant de son corps. Sa queue toujours en érection, il remit aussitôt le couvert.

L'Alpha la sauta cinq fois, encore et encore, lui refusant tout repos, l'empêchant d'échapper à la magie qui pouvait faire chanter son corps. Lorsqu'il eut enfin terminé, il s'allongea, la bouche près de ses seins, et joua indolemment avec son téton, en gloussant chaque fois qu'il passait la langue sur le bout pointu, sans faire attention à ses geignements.

LES ARTICULATIONS ANKYLOSÉES, Morgaine s'efforça de s'extirper des membres pesants d'un géant. Et géant, il l'était : plus grand qu'Esin et qu'Uriel, sa peau plus foncée, aussi. Il était brutal, violent et n'avait aucun scrupule à faire ce qu'il voulait de son corps, sans explication ni suggestion.

S'il voulait festoyer entre ses cuisses, il le faisait, se moquant visiblement de goûter leurs sécrétions mélangées ou de lui donner le bain. Quand il la voulait à genoux, c'était comme ça qu'il la positionnait, et il se servait de son corps selon ses goûts.

Quand il choisissait la voie plus calme, ses frétillements n'empêchaient jamais ses explorations.

Simin prenait ce qu'il désirait, et Morgaine était incapable de lui communiquer le moindre refus.

Elle se répétait que c'était pour cette raison qu'elle l'autorisait à se faire plaisir. Elle se mentait à elle-même.

Il la contrôlait si facilement, et elle était déroutée en repensant à tout ce qui s'était passé.

Simin, l'Alpha, respirait profondément dans son sommeil, ses mains entortillées dans ses cheveux blonds. Le sommeil ne lui donnait pas l'air innocent. Pas du tout. Cet homme menait son peuple et s'était adressé au commandant pour une bonne raison.

Cette raison, les hommes d'Uriel en avait parlé en tons durs, murmurés, quand ils l'avaient crue endormie.

Morgaine fit de son mieux pour désenchevêtrer ses mèches des doigts de l'étrange Alpha et prit de nombreuses précautions en les démêlant, mais il se réveilla tout de même.

Des yeux laiteux cillèrent, et le mâle l'observa tandis qu'elle reculait lentement.

Elle continua à lisser ses cheveux en retenant une grimace quand le mouvement lui fit mal. Puis elle se rapprocha du bord de la fosse, tout cela sous les yeux du prédateur.

Elle posa les doigts au bord du lit et se redressa. Mais, avant qu'elle puisse s'en échapper complètement, il s'assit, inclina la tête et se renfrogna.

Il poussa une série de grommellements tout en

rampant vers elle, comme s'il voulait capturer sa cheville et la tirer sous son corps.

— Non, dit-elle en reculant et en secouant la tête.

— Non ? fit-il, répétant le mot une première fois, puis une deuxième. Non…

Cette fois, il sembla en comprendre le sens.

Morgaine ne parlait pas plus sa langue que lui la sienne, mais elle s'efforça de le calmer avant qu'il puisse punir son rejet. Elle passa ses bras autour de sa taille, lui décocha un sourire neutre, se mordilla la lèvre et posa les yeux sur la salle d'eau.

La semence du mâle avait séché sur ses jambes, mais l'Alpha qui la regardait en plissant les yeux était marqué, lui aussi.

La peau du mâle était décorée de nombreuses griffures, et son sang encroûtait ses ongles. Elle avait même laissé la marque de ses dents sur son bras et son épaule. Son corps à elle était meurtri là où l'Alpha l'avait serrée trop fort. L'intérieur de ses cuisses était marbré, et son entrejambe palpitait continuellement.

Craignant qu'il la saute à nouveau si elle ne quittait pas son nid, elle sursauta en sentant le mâle tracer sa cuisse du doigt.

— *Morgaine, clota via kan'nai.*

Sa vessie sur le point d'exploser et crevant de

soif, elle osa jeter un autre regard en direction de la salle d'eau.

Simin posa les mains au bord du lit, la piégeant, et se redressa, énorme et menaçant. Lorsqu'elle fit mine de reculer, il l'attrapa par le bras et lança :

— Non.

Il grimpa hors du nid sans effort, tira sur son bras, l'aida à franchir le bord, puis la mena à l'endroit qu'elle avait fixé des yeux. À la porte, il prononça un mot qui lui évoqua un éternuement.

— *Achoo.*

Les yeux tournés vers les toilettes de l'autre côté de la porte, elle essaya de se dégager.

— Non, répéta-t-il en serrant son bras avant d'entrer avec elle.

Il alla même jusqu'à l'asseoir sur la lunette, sans faire cas de son hésitation.

— *Achoo.*

Incapable de se retenir, elle commença à uriner. Provoquée par son sourire et sa manière de lui tapoter la tête, elle eut l'audace de grogner. Un grognement aussi grave et agacé qu'elle le put.

L'enfoiré rit, puis passa une main sur son entre-jambe pour la sécher.

Il fut prudent, mais son amour-propre et l'endroit dans lequel il avait noué à répétition en furent blessés. Morgaine enfonça ses ongles dans son avant-bras et siffla quand il la toucha. Elle le repoussa et lança au mâle un regard qui signifiait que s'il osait encore la toucher, elle allait s'en prendre à lui.

Simin recula.

Les bras croisés sur son torse, il haussa un sourcil, comme s'il attendait qu'elle termine.

Frustrée, endolorie et contrariée par le manque d'intimité, elle obéit.

Dès qu'elle se fut levée des toilettes, l'Alpha la repoussa de côté, son membre flasque déjà en main. Il prit son tour. Une main posée sur le mur, il se pencha en avant et rejeta la tête en arrière en poussant un soupir.

Morgaine le regarda bouche bée. Quand il haussa les épaules en voyant son expression, elle leva un bras devant ses yeux et se précipita hors de la pièce en s'excusant, comme si elle avait fait quelque chose de mal.

Il la rattrapa en un instant, l'accula dans un coin et cessa de rire.

Sa masse la plaqua contre le mur, l'immobilisant, et il approcha ses lèvres de son oreille. Ensuite, silence.

Simin ne parla pas. Ce qu'il faisait et pourquoi, elle n'en avait aucune idée. Piégée ainsi, elle ne pouvait voir que les épaules tendues du mâle bouger en rythme avec sa respiration.

Des dents se posèrent sur son lobe d'oreille et,

quand elle inspira d'un coup, se refermèrent. Il baissa la tête et mordilla sa gorge. Il ne perça pas la peau, mais la force de sa mâchoire lui fit mal. C'était un acte d'avertissement. Il ne jouait pas avec elle. Il n'essayait pas de la séduire. Il n'essayait pas non plus de la réconforter.

Non, il expliquait simplement à l'Oméga qui était aux commandes, qui devait obéir, qui retenait sa vie entre ses mâchoires.

Et, quand ses mordillements brutaux atteignirent son épaule, l'avertissement se mua en action. Il y posa sa bouche et la lécha pour la nettoyer. Il travailla avec le plat de sa langue, jusqu'à ce que sa peau rosisse.

Une main énorme s'empara de sa mâchoire et inclina sa tête. L'autre tint fermement sa hanche. Entre eux, sa queue se dressa et perla, lui signalant qu'il était prêt à remettre le couvert.

Il n'offrit aucun ronronnement pour la calmer.

Il était cent pour cent Alpha, elle n'était qu'une Oméga acculée, et le message était clair et fort.

Ne me fuis pas.

Quand Simin posa les dents sur sa chair, il se déhancha contre son ventre pour se stimuler en la mordant.

Il y avait une promesse dans cette morsure, une promesse scellée dans le sang qu'il versa. Bien que superficielle, sa marque était bien là, la douleur réelle.

Sans lâcher des dents l'épaule de l'Oméga, il attrapa sa main et la tira entre eux.

Sa paume pleine de cals referma ses petits doigts autour de sa queue épaisse et la guida pour le branler, vite et fort. Il grogna à chaque mouvement, le souffle de plus en plus court, la forçant à participer à son plaisir jusqu'à ce qu'une substance crémeuse atterrisse sur ses seins et son ventre, qui goutta sur ses cuisses meurtries.

Il la peignit avec son sperme, éjacula à nouveau dans un râle, puis tira sa main vers son nœud et la força à le serrer. Et il continua à jouir, à couvrir de sécrétions la fille qu'il piégeait avec ses dents.

Je te possède. Tu m'obéiras. Mon odeur te couvrira. Je peux te forcer à aimer ça.

Ce qu'ils avaient partagé dans le plaisir, tout vestige d'émerveillement qu'elle avait pu ressentir, mourut sur le coup.

Esin l'aurait traitée de la même manière.

16

— Tu es la perfection.

Sa partenaire tremblante était à ramasser à la petite cuillère. La plaie légèrement ensanglantée sur son épaule n'était pas aussi glorieuse que la future marque de revendication, mais elle était néanmoins extrêmement tentante. Sa peau était si délicieuse que Simin ne pouvait s'empêcher de la goûter. Plus bas, ses seins rebondis étaient couverts de sa dernière éjaculation. Le foutre formait des perles sur ses tétons roses.

Que ne donnerait-il pas pour la voir récupérer sa semence et la porter à sa bouche, l'avaler avec ravissement ?

Cette pensée le poussa à éjaculer une dernière fois, plus mollement. Simin s'approcha pour lubrifier sa chair. Perdu dans son odeur, il se frotta contre ses formes douces dans une tentative flagrante de séduction. Il s'efforçait d'imprégner sa peau veloutée d'autant de semence que possible quand l'Oméga poussa un gémissement terrible.

Sa partenaire… elle pleurait.

Son cœur se fendit, pressé comme dans un étau, et il débanda d'un coup. Simin ouvrit les yeux pour voir le tableau *opposé* à ce que ses actions auraient dû faire naître chez sa femelle.

Ses yeux tristes, magnifiquement bleus, mais injectés de sang, étaient détournés.

Ça n'allait pas. Même l'air se saturait lentement de la peur amère des Omégas et du sel de ses larmes.

— J'ai attendu une éternité, j'ai repoussé de nombreuses Omégas enclines, haut gradées, dans ma quête de ma kor'yr. Pour toi.

Déterminé, brusque, il exprima des mots que nul autre n'entendrait jamais. Des mots qui auraient signifié la mort de celui ou celle qui les aurait entendus. Ces secrets murmurés entre partenaires, sa faiblesse et son exaltation mis à nus… Du jamais vu venant d'un Heidron. Il prit sa main et la posa à l'endroit où son ronronnement résonnait le plus fort – sur son cœur.

— Tu n'auras jamais rien à craindre de moi.

La femelle cligna une fois des yeux. Ses épaules s'avachirent, et elle parut… résignée.

Ses yeux étaient cernés. Ses cheveux dorés étaient aplatis. Son corps couvert des restes séchés de son sperme, son odeur celle du doux miel qui gouttait entre ses jambes… elle paraissait usée, même si elle était resplendissante.

Peiné de la voir tressaillir quand il posa la main sur sa joue, Simin murmura :

— Les Nierras ne se sont pas bien occupés de toi ? Ont-ils empoisonné ton esprit ?

Ne comprenant ni les mots ni leur sens, elle n'aurait pu répondre, et Simin n'avait pas d'autre moyen d'encourager son affection que par l'action. Alors il recula d'un pas et attendit qu'elle trouve le courage de croiser son regard.

Au début, elle resta debout sans bouger, tassée sur elle-même, hésitante, en respirant superficiellement comme un lapin effrayé. Mais, se rendant compte qu'il attendait, elle posa ses yeux timides, las, sur son corps impressionnant avant de remonter vers le regard transparent qui n'attendait qu'une chose : elle.

Il sourit en tendant les doigts vers les deux croissants que ses dents avaient percés dans sa peau.

Et elle lui sembla… complètement perdue.

Horrifiée.

Malade.

— Nous avons beaucoup joué sexuellement. Tu dois avoir faim, dit-il en caressant son bras, puis en entrelaçant leurs doigts. Viens par ici. Je vais te nourrir. Puis je te laverai. Et ensuite, je t'allongerai dans notre lit, je te prendrai tendrement et je te donnerai des bras forts dans lesquels dormir, jusqu'à ce que tes yeux brillent et que tes sourires viennent facilement.

Simin la tira tout doucement et l'entraîna hors de la pièce qui empestait leurs sécrétions, la peur de la femelle et l'inquiétude du mâle. Il la guida jusqu'à sa salle à manger privée et, après l'avoir installée sur sa chaise favorite et s'être écarté, il la vit se détendre visiblement.

Et ce n'était pas seulement parce que le paysage étoilé visible par le portail vitré avait retenu son attention, mais parce que son partenaire s'était éloigné.

En tant que Heidron d'une flotte principale, en tant que guerrier aguerri aux nombreuses conquêtes à son actif, Simin n'avait pas l'habitude de se sentir inadéquat. Les femmes se jetaient à ses pieds. Il avait couché avec des centaines d'entre elles et était très fier de ses prouesses pour les combler.

Son corps était épais, musclé, agréable. Il n'était pas doué de traits fins, mais d'endurance, de patience et de compétences tactiques. Il était plus sage que le plus âgé de ses frères. Préféré par sa mère pour son sens de l'humour.

Or, sa kor'yr, l'Oméga pour laquelle son âme chantait, ne souhaitait pas être près de lui.

Elle ne le reconnaissait pas.

Il gronda en faisant rouler la viande dans la pâte épicée. Du coin de l'œil, il vit sa partenaire sursauter, quand bien même elle se trouvait à l'autre bout de la pièce. Une fois encore, l'air s'aigrit de peur féminine.

Quelque chose n'allait pas.

Elle ne pouvait pas comprendre ses mots, mais il pouvait lui communiquer son intention.

Rien n'était irrécupérable, surtout entre un Alpha et une Oméga si profondément connectés. Simin fit attention à son ton, même s'il manquait du charisme d'un homme plus doux, et s'adressa à elle de sa voix grave, qui retentit dans la pièce.

— Être la partenaire du Heidron est un immense honneur. Chaque soldat dans ma flotte sacrifierait sa vie pour toi. Tu n'as rien à craindre en ma présence. Je ne te punirai pas avec un bâton.

Sa Morgaine l'observa, visiblement sur ses gardes, et cilla. Elle se frotta les lèvres et hocha la tête, comme pour essayer de lui faire plaisir. Mais, dès qu'elle posa les yeux sur la nourriture qu'il avait en main, elle bondit de sa chaise et se rua vers lui.

Les mains couvertes de jus de viande de *bolx* raffinée, de la pâte sous les ongles, il ne l'arrêta pas. Simin ne savait que penser de son expression paniquée quand elle avait vu qu'il leur préparait à manger. Ce n'était pas la faim qui l'avait attirée jusqu'à lui.

C'était la terreur.

Elle regarda les tranches qu'il avait déjà préparées et, s'emparant de la viande, imita sa simple préparation si vite que l'assiette fut remplie pêle-mêle avant qu'il sache comment réagir. Elle la poussa ensuite vers lui.

Lui offrait-elle la nourriture qu'il avait choisie pour elle ?

Apparemment. Il vit de la panique dans ses yeux bleus, comme si elle avait fait un faux-pas en restant assise pendant qu'il travaillait.

— C'est pour toi. Les Alphas servent leur partenaire avant de se servir eux-mêmes.

Elle repoussa de nouveau l'assiette en contemplant son travail bâclé, comme si elle s'en voulait de ne pas avoir fait mieux. Puis elle se tassa, comme si elle s'attendait à être punie.

Veillant à choisir un des friands qu'elle avait préparés, Simin leva le bout de viande et hocha la tête d'un geste approbateur.

La fille sourit, le genre de sourire exercé et robotique qui n'atteignit pas ses yeux. Un sourire qui s'évanouit quand il lui tendit le friand, afin qu'elle mange de sa main. Elle ne le renifla même pas ; elle ne dut même rien goûter, à sa manière d'éviter ses doigts pour le mettre en bouche et l'avaler sans mâcher.

Puis elle imita son geste et lui parla dans sa langue douce, comme si elle se confondait en excuses tout en levant un friand vers sa bouche.

Il enveloppa son poignet dans sa main bien plus large, prit la friandise de ses doigts et la reposa sur l'assiette. Il l'escorta ensuite vers la meilleure chaise, s'y assit et tapota son genou, afin qu'elle s'y asseye.

Le regard vide, elle obéit avec raideur. Sa chatte trempée étala des sécrétions sur sa cuisse dure. Comprenant qu'elle allait essayer de se percher sur son genou comme un oiseau au lieu de se blottir contre son torse, il l'attira vers lui. Le bras qu'il passa dans son dos, les légères caresses sur sa peau, n'assouplirent pas sa colonne vertébrale droite comme un i et ne lui valurent pas non plus le moindre bourdonnement approbateur de la part de la femme.

Il intensifia son ronronnement et assouplit son corps.

La patience était essentielle dans toute stratégie de combat. Avant de verser la moindre goutte de sang, l'ennemi devait être étudié, ses habitudes analysées, sa psyché décomposée en ses éléments de base et retournée contre lui. Même s'il n'avait jamais dû courtiser une femme pour obtenir son attention, son parcours serait le même que lorsqu'il planifiait une guerre.

Et il avait gagné toutes les guerres qu'il avait menées.

Apprivoiser cette Oméga ne serait guère différent.

Simin lui laissa le temps de trouver une position confortable et ronronna pour apaiser sa tension. Il caressa doucement son bras. Puis il lui donna à manger, lentement. Il ne lui offrit que des friands faciles à avaler, lui roucoula des inepties pour l'encourager. Il vibra et gémit de plaisir quand sa petite langue toucha ses doigts. Mais, chaque fois qu'elle essayait de s'emparer d'un friand pour le nourrir, il le lui reprenait et le reposait sur l'assiette.

À l'avenir, il y aurait de la réciprocité, mais uniquement quand elle aurait appris à le connaître et compris son désir inné de veiller sur elle. Quand elle serait en paix en sa présence et amoureuse de son cœur.

Entre eux, il y aurait de l'amour.

Et des enfants, qui raviraient sa mère et feraient sourire son père austère quand il pensait que personne ne le regardait.

Quand elle commença à mâcher plus lentement, que son ventre fut bien rempli, il mangea le peu de restes sur l'assiette. Les yeux posés sur la vue, content et plus confiant dans son approche, il lui parla de leur vie ensemble et lui avoua qu'il s'était senti seul sans elle, qu'il avait fait d'immenses offrandes en secret aux pouvoirs célestes pour la trouver… Il se demanda s'il lui confessait ces secrets tout haut uniquement parce qu'elle ne pouvait pas le comprendre et le juger pour sa sensiblerie peu virile.

Tous les Alphas désiraient une partenaire Oméga, mais trouver sa kor'yr était quelque chose que moins d'un Alpha sur un milliard pouvait accomplir. Simin avait trouvé la sienne enfermée dans une cage en verre, comme si les dieux eux-mêmes l'avaient mise de côté pour lui.

Le bras autour de son corps souple se resserra pour les fusionner en un seul être.

Il lui avait donné de la viande crue. *Crue*.

Morgaine se retenait de faire la grimace rien qu'à y penser. Ces gens n'étaient-ils pas au courant de l'existence des parasites et des bactéries qui pouvaient ravager une colonie et massacrer tout un village ? Quand elle était enfant, un puits contaminé avait empoisonné plus de vingt villageois.

Une seule gorgée d'eau sale. Dysenterie. Enterrements.

Or, il l'avait gavée jusqu'à ce que son ventre se

tende douloureusement, tout sourire et visiblement satisfait. Cet endroit et ces coutumes barbares lui faisaient tourner la tête. Il ressemblait à un sauvage, parlait comme un sauvage, mais possédait les plus beaux quartiers qu'elle ait jamais vus.

Cette assiette était en porcelaine anglaise, et non d'un genre de cristal laiteux. Le mobilier était impeccable.

Où étaient les cuirs, les os, les carcasses de ses dernières proies, en train de rôtir sur un feu de bois ?

Comment le mâle qui avait fendu sa cage en verre, qui l'avait pénétrée pour la première fois pendant son sommeil, s'amalgamait-il à *ceci* ?

Comment savait-il comment la toucher, la forcer à s'ouvrir instinctivement et à en demander plus ?

Quand allait-il la mutiler ? Comment ?

La tuerait-il après ça ? La partagerait-il ?

Que pourrait-elle y faire ?

Ce schéma de pensées horrible, circulaire, lui donna le tournis. Le martèlement derrière ses orbites s'accrut. Le mâle parlait toujours, et son horrible langage était si rauque et grave que l'orateur lui faisait penser à un croisement entre un crapaud et un orage. Et, comme il parlait, il touchait.

De petites caresses sur ses sourcils, sur ses joues, ses doigts calleux se glissant entre ses seins nus pour chatouiller ses côtes jusqu'à ce qu'elle sursaute. Elle ravala le rire forcé qui menaçait de franchir ses lèvres, déterminée à supporter ses chatouilles plutôt qu'à affronter sa colère.

Elle ne savait pas où se tourner. Sa vie était entre ses grandes mains, et elle avait été tellement ballotée ces derniers jours : la douleur profonde là où le bâton l'avait frappée, la perte de tout ce qu'elle connaissait.

Sa chatte, l'organe auquel elle avait été réduite, palpitait. Mais, même endolorie, elle sécrétait toujours cet horrible liquide.

Une partie d'elle voulait que ce repas gênant se termine, pour qu'il la ramène dans le nid et torde son esprit jusqu'à ce qu'elle retrouve ce tunnel blanc et aveuglant de sensations. Cet endroit où elle oubliait son nom, ses inhibitions, où elle se libérait de la perte d'elle-même, parce qu'il n'y avait rien à pleurer quand on n'était plus rien du tout.

Ce mâle était couturé de cicatrices, plus âgé que les garçons qui l'avaient courtisée avec des fleurs, encore plus âgé qu'Esin aux mains baladeuses. Ses doigts épais étaient couverts de ses sécrétions là où ils s'étaient enfoncés dans son corps, couverts du jus de la viande crue qu'ils avaient partagée. Le mâle enragé à qui le sergent Uriel et son commandant l'avaient donnée sourit. Un sourire de travers, mais qui révélait des dents trop droites et blanches pour être naturelles.

Chez elle, les soins dentaires avaient coûté cher.

Morgaine avait perdu une molaire, au fond de sa bouche, cariée pendant son adolescence. Elle passa sa langue sur l'espace vide, un peu gênée par ses dents tordues, puis par ces complexes si superficiels. Ce n'était pas pour ses dents que cet homme la désirait.

C'était pour cette grosse cochonne de fente entre ses cuisses.

17

Qui aurait pu imaginer qu'il serait si difficile de laver une femelle si minuscule ? Surtout une femelle qui avait si manifestement besoin de se détendre dans un bon bain d'eau chaude et savonneuse, entre des mains prudentes, qui l'apaiseraient là où elle était sans doute endolorie. Ils avaient beaucoup baisé, et aucun mâle qui se respectait, même en plein rut, ne laisserait sa partenaire longtemps couverte de sécrétions séchées.

Simin était d'autant plus sûr que ce luxe ferait du bien à cette pauvre vierge inexpérimentée, qui l'avait laissé faire ce qu'il désirait.

Or, l'expérience avait tant agité sa kor'yr qu'elle avait commencé à grincer des dents et à pleurer tout bas. C'en était arrivé au point où il l'avait laissé rompre la tradition et le savonner, juste pour qu'elle conserve ce qu'il lui restait de maîtrise sur elle-même.

Sentir ses mains sur son corps avait été merveilleux, mais la raison évidente pour laquelle elle l'avait lavé était *tout* sauf agréable.

Chaque fois qu'il bougeait, elle se tassait, comme si elle s'attendait à recevoir un coup.

Où était passé le chat sauvage qui s'était emparé d'un bout de métal tranchant quelques jours plus tôt ?

Si je vous contrarie assez, vous me tuerez plus rapidement.

Tels avaient été ses mots, quand il avait convoqué le traducteur Bêta.

Peut-être ne les avait-il pas pris assez au sérieux. Il avait compté sur le lien fort qui les unissait pour apaiser sa détresse considérable. Il l'avait gâtée en la baisant gratuitement – et ça n'avait rien changé.

Elle était encore plus nerveuse aujourd'hui que quand il l'avait ramenée chez eux.

Simin se demanda même ce qu'elle ferait s'il lui donnait l'opportunité de partir. Fuirait-elle pour chercher un autre protecteur ? Le détesterait-elle, comme il lui semblait que c'était le cas en ce moment ?

Son comportement dépassait la peur. C'était spirituellement malsain.

Des doigts aussi légers qu'une plume tracèrent le contour de ses larges épaules. Son Oméga cherchait les endroits où ses muscles se joignaient, afin d'évacuer la tension avec ses mains expertes. Bon sang, il ne savait pas quoi faire d'autre pour assouplir davantage sa musculature, afin qu'elle cesse cette démonstration inutile de… servitude.

Quelqu'un l'avait formée pour ça, et conditionnée si profondément qu'elle était incapable de le laisser la laver tant qu'elle n'aurait pas respecté ce rituel inconnu.

Il n'y avait pas de compromis. Elle ne l'avait même pas laissé la savonner, en dehors de frotter rapidement sa poitrine.

Simin voulait la toucher comme elle le touchait. Il voulait dénouer la tension dans ses muscles, l'apaiser et lui apporter un contentement mérité. Aucune des esclaves Nierras avec qui il avait couché n'avait agi dans l'obligation, comme sa partenaire le faisait. Certaines étaient nerveuses. C'était le cas de nombreuses esclaves. Mais ceci…

Qu'avaient-ils fait subir à cette Oméga si merveilleuse ?

Irrité par son imagination fertile et les choses horribles dont son ennemi vaincu était capable, il prit l'éponge de ses mains et aboya un ordre pour qu'elle cesse de le frotter et se rasseye.

Il avait dit exactement ce qu'il ne fallait pas.

Elle se ratatina. Elle qui avait été si résolue à lui montrer ce *talent* dont elle était douée.

La peau de la femelle se colora de vert, et sa gorge se serra. Simin crut qu'elle allait être malade. Rien qu'en voyant sa partenaire si mal, il sentit la salive s'accumuler dans sa bouche, l'aigreur du vomi se faire sentir.

— Kor'yr, tu as bien fait, dit-il, songeant pourtant qu'elle avait insulté la tradition en le lavant en premier. Mais je suis un Alpha et tu es une Oméga. Je subviens à tes besoins et tu l'acceptes. En échange, tu me donnes l'immense joie de chérir notre lien et notre nid.

La baignoire encastrée était assez grande pour accueillir cinq guerriers méritants afin qu'ils batifolent, se prélassent, se détendent, qu'ils baisent même s'ils le voulaient. Mais, en ce moment, elle n'était qu'un grand bol de misère fumante.

Il n'y avait aucune joie ici, parce que cette Oméga était aveugle. Ses yeux bleus débordaient de chagrin et sa peau reluisait de peur.

Il était en train d'échouer.

Son ronronnement ayant été étouffé par l'eau du bain, Simin se leva afin que la femelle puisse sentir la profondeur véritable de son réconfort. Il s'approcha de l'endroit où elle s'était immergée. Son petit menton effleurait la surface de l'eau, ses cheveux dorés flottaient autour d'elle comme des rayons de soleil tressés. Elle leva les yeux.

L'air complètement perdue.

Cela l'anéantit, l'enragea et attisa un incendie derrière ses côtes, qu'il n'avait encore jamais ressenti. Il attrapa son menton et le leva pour qu'elle s'asseye, qu'elle se présente à lui. Il prit soin de la laver, de la masser, de l'apaiser et de soulager chaque partie d'elle dans un doux spectacle sensuel. D'adoration et de réconfort. Simin fit tout ce qu'il put pour exprimer combien il voulait qu'elle soit heureuse.

Et, durant tout ce temps, elle empesta la misère. Le pire, c'était que plus il fronçait les sourcils, plus elle essayait de mentir en souriant et en gazouillant dans sa langue.

Quand il la ramena dans leur nid, il manqua à sa parole et ne la baisa pas tendrement comme il l'avait promis. À la place, il allongea sa tête sur un oreiller en soie verte et la couvrit avec une couverture en satin. Puis il ronronna à ses côtés jusqu'à ce qu'elle s'endorme.

Ensuite, il l'abandonna.

Pendant qu'elle dormait, il récupéra tous les bris de mobilier et autres, fracassés dans sa fureur, et les cacha hors de vue. Il nettoya sa chambre comme un humble esclave. Il prépara de quoi manger, afin que la nourriture soit prête pour son réveil, mais qu'il n'y ait pas d'autre lutte gênante, silencieuse, sur qui l'aurait préparée.

Il s'assit face à sa fenêtre sur l'espace et se plongea dans ses réflexions.

Et, pour la première fois depuis qu'il l'avait amenée dans leur foyer, sa femelle dormit toute la nuit sans interruption. Il comprit qu'elle avait dormi parce qu'il n'était pas là.

— Je réparerai ça.

Le serment d'un Heidron était inébranlable.

— Je l'ai nourrie, je l'ai guérie, je l'ai caressée et lavée – j'ai donné à l'Oméga des jours d'attention d'affilée.

Simin se tenait, stoïque, sur le seuil d'un portail peu accueillant. Les yeux écarquillés, Morgaine était collée à son flanc. Devant eux, la vieille femme, qui bloquait le passage quand bien même il l'implorait, n'esquissa même pas un sourire.

— Oméga supérieure, j'ai noué en elle tant de fois qu'elle s'est évanouie. La puanteur de sa peur n'a pas diminué. Son désir ne l'a pas une seule fois poussée à me laisser la réconforter. Ma kor'yr ne me reconnaît pas.

La gardienne regarda la fille qui se raccrochait à son bras, et Simin sut qu'elle voyait plus que l'odeur de son anxiété dans l'air. Elle voyait le même regard brisé dans ses yeux bleu céruléen. L'étrangère aux cheveux dorés était drapée dans un désespoir abrutissant et se recroquevillait derrière son Alpha comme pour se cacher de cette inconnue, quand bien même ces deux êtres la terrifiaient tout autant.

Bien qu'elle soit de petite stature comme toutes les Omégas, la douairière avait une présence imposante.

— L'appariement anéantira ses doutes et façonnera son affection selon votre volonté. Pourquoi l'amener ici alors que vous êtes en rut et qu'elle semble sur le point d'entamer son cycle ?

Un Heidron – un prince omari privilégié – n'avait pas l'habitude de se faire interroger. Pas plus qu'il n'avait l'habitude que des conversations aussi privées soient tenues ouvertement dans les couloirs de son vaisseau amiral.

— Elle ne parle pas notre langue et était vierge, en captivité, avant que je la libère. Quand je l'ai récupérée, les Nierras l'ont qualifiée plusieurs fois de *sauvage*. Je ne sais pas ce que ça signifie. Ce que je sais, c'est qu'ils l'ont battue pour avoir refusé.

— Refusé quoi ?

— L'attention masculine.

— Vous prenez un risque en l'amenant ici alors

qu'elle n'est pas appariée, Heidron, l'avertit l'Oméga supérieure, vêtue des mêmes robes amples que sa partenaire malheureuse. Votre règne ne s'étend pas au-delà de cette porte. Les Omégas pourraient ne pas vous la rendre.

— Ne me parlez pas comme si j'étais un gamin ! siffla-t-il.

Sa voix sèche n'émut pas la femme aux cheveux gris qui bloquait le portail mais, derrière lui, sa partenaire sursauta et poussa un cri étranglé. Simin augmenta aussitôt l'intensité de son ronronnement pour la réconforter, puis gronda :

— Ses besoins passent avant les miens. J'ai essayé de la rassurer, en vain. Je ne peux tolérer l'odeur d'un autre mâle dans mes quartiers, même pour aider à traduire. Une Oméga trop proche de son nid à ce stade pourrait représenter une menace pour elle. Et, même si j'avais le luxe de parler la même langue, je ne pense pas qu'elle m'avouerait la vérité. Regardez-la : elle est terrifiée, même de vous. Je cherche de l'aide. Rendez-la-moi souriante et prête à découvrir son kor'yr, et la dîme que je vous offrirai en échange achètera des mondes.

— Vos richesses ne signifient rien à nos yeux, dit la femme avec un demi-sourire sardonique, avant de reculer d'un pas et d'écarter le bras sur le côté. Mais je vous en prie, menez-la à l'intérieur.

Les ennuis commencèrent dès qu'ils eurent

franchi la porte sans ornement et qu'apparut une galerie colorée remplie de coussins brodés, de rires, de plateaux de nourriture riche et de femmes magnifiques.

Morgaine commença à se lamenter.

L'Oméga de Simin se mit à piailler frénétiquement dans sa langue étrangère, pour le supplier dans un ton qui poussa les femmes dans la pièce à se lever pour s'approcher. Elle se retint au bras de l'Alpha et planta ses pieds dans le sol, comme pour ralentir ses pas, puis se laissa tomber à genoux en pleurant si plaintivement qu'il ne sut comment la calmer.

Des bras menus se refermèrent autour des cuisses épaisses du mâle et, en sanglotant, elle refusa de le lâcher. Forcé d'ignorer sa terreur, il dut la décrocher et la laisser aux bons soins des Omégas qui s'étaient précipitées pour l'aider.

Morgaine se mit à hurler.

Il ne pouvait plus rien faire pour elle à présent : une ligne dorée marquait le carrelage, délimitant une frontière qu'un Alpha ne pouvait pas franchir dans cette pièce sacrée. La transgresser signifiait la mort instantanée. Les Omégas le tueraient, qu'il soit leur Heidron ou pas.

Ne supportant pas de voir sa partenaire traînée au sol, il tourna le dos et obéit à l'ordre de l'Oméga supérieure de sortir sur le champ.

Jamais il n'aurait cru voir un jour cette vieille mégère surprise.

PAR LES DOUZE ENFERS ! Simin trouva impossible de retourner dans ses quartiers. Il attendit derrière la porte du secteur oméga pendant des heures et des heures. Au début, il entendit sa kor'yr hurler à travers le portail en métal épais. Ébranlé par ses lamentations apeurées, il avait essayé d'y retourner, de la rejoindre, mais les femelles avaient sagement scellé le portail.

Et puis, silence.

Même l'oreille pressée contre la porte, il n'avait rien entendu.

Un grand guerrier se devait d'être imperturbable, mais ces longues heures d'attente eurent raison de sa patience. Il arpenta le couloir, s'assit, resta debout comme une statue – rien n'y fit.

Jamais il ne se serait attendu à la réaction de Morgaine. Cela dit, il aurait dû se douter de quelque chose en la voyant ignorer, puis secouer la tête avec véhémence quand il lui avait présenté des beaux vêtements. Il avait fait faire ces tenues exprès pour elle, dans les couleurs et les cimiers de sa famille. Des vêtements découpés dans les plus belles soies et parés de gemmes dignes de la partenaire d'un Heidron.

Elle avait reculé en voyant le tissu vert plié et secoué la tête, comme si elle savait qu'il ne l'habillait que pour l'éloigner du nid.

Elle l'avait carrément ignoré lorsqu'il l'avait appelée par son prénom. Alors, elle avait commencé à nettoyer méthodiquement l'article le plus proche… avec ses cheveux !

Aussi doucement que possible, il l'avait forcée à arrêter, l'avait vêtue et amenée directement dans cet endroit, où sa partenaire avait fondu en larmes.

Et, à présent, il ne pouvait même pas la voir. N'étant pas encore lié à elle, il ne pouvait pas la sentir. Complètement perdu, il sentit même un picotement sans précédent derrière ses paupières. Il baissa la tête.

Et la porte s'ouvrit.

Ce n'était pas sa partenaire qui l'attendait, mais une jeune Oméga gradée – une traductrice, d'après les marques sur sa robe.

— Dites-moi, exigea-t-il sèchement.

La femme semblait elle aussi secouée, mais elle fit de son mieux pour paraître calme.

— Morgaine croit à tort que vous l'avez amenée dans un endroit que les Nierras appellent *quartiers de plaisir*… que vous vous êtes lassé d'elle et que vous l'avez emmenée ici pour que d'autres mâles l'utilisent, contre tribut. Inutile de vous décrire ce qu'elle pensait qu'il lui arriverait dans cet endroit.

— Quoi ? s'étrangla Simin, le visage blême.

Il y avait tant à expliquer, et le couloir n'était pas un endroit adéquat pour ce qui devait être échangé. L'Oméga, ses cheveux ras en signe de refus de s'apparier, le mena vers une petite salle d'attente et l'invita à s'asseoir.

Lorsqu'il obéit, elle s'installa en face de lui, lissa sa robe et essaya visiblement de ne pas trembler.

— Les quartiers de plaisir auraient été son destin pendant au moins deux ans si elle était restée entre les mains des Nierras. Pour tout dire, c'était le destin qu'avait choisi le mâle qui allait la prendre pour partenaire. Selon leurs lois, il ne pouvait pas s'apparier tant qu'il ne serait pas monté en grade. Il a néanmoins rassemblé des sponsors puissants pour que sa prétention dépasse de loin celle de tous ses rivaux potentiels. Elle l'a appris alors qu'elle était exposée devant les mâles qui apposaient leur candidature pour prendre leur tour. Ils ont exigé de voir son corps, ont grondé pour encourager son excitation contre son gré. Elle a été humiliée.

La cage en verre avait été une zone d'enchères ? Les soldats vaincus du vaisseau nierra, ceux devant qui il avait paradé presque nu, pour les ridiculiser et leur montrer qu'il était sans peur, s'étaient portés candidats pour abuser de sa kor'yr ? Comment avait-il pu ne pas l'envisager ? Il avait vu ses vêtements étalés par terre – c'était à son odeur qu'il avait reconnu ce qui l'attendait dans cette cage.

Son parfum avait porté jusqu'à lui dans un océan de puanteur ennemie. Pour la première fois depuis sa naissance, il avait perdu son sang-froid devant ses hommes. Il avait fallu une petite armée pour le traîner hors de l'horrible galerie de l'ennemi.

Il avait estropié des hommes qu'il avait connus toute sa vie. Pour cette femme.

Pour l'avoir. Pour veiller sur elle. Pour lui ouvrir son cœur et les lier dans un appariement qui serait chanté à travers les âges.

— Je détruirai jusqu'au dernier Nierra, je m'assurerai que toutes leurs femmes soient pillées et que leurs semblables soient réduits en esclavage, menaça Simin, ses yeux jetant des éclairs. À partir de maintenant, l'alliance est réduite en poussière.

— Il y a plus, lança la frêle traductrice.

Simin déglutit pour calmer sa rage et apprendre la suite.

— Dites-moi, siffla-t-il en inspirant profondément.

Pour la troisième fois, la femme passa nerveusement ses doigts dans ses courts cheveux bruns.

— Les choses qu'ils lui ont enseignées, qu'ils l'ont forcée à regarder…

— DITES-MOI ! rugit-il à cette Oméga, qui était en dehors de son sanctuaire, son cou gracile à portée de ses mains.

La femme était si bouleversée qu'elle ne voyait même pas la véritable menace devant elle.

— Je ne sais même pas comment décrire les dégâts qui ont été faits, Heidron, répondit-elle en fermant les yeux. Morgaine n'a aucune idée de ce que sont les chaleurs. Elle assimile l'appariement au sexe et pense que toutes les interactions qu'elle a partagées avec vous, *n'importe quel Alpha aurait pu les lui infliger*. Avant aujourd'hui, elle n'avait même jamais vu une autre Oméga. On lui a dit que vous la mutileriez et que vous la violeriez.

Les étrangères n'étaient pas protégées par le code d'honneur omari, et de telles choses survenaient en temps de guerre. Au combat, n'importe quel peuple subjugué pouvait être réduit en esclavage. Une fois possédé, ce bétail était cependant protégé contre la sauvagerie. Une règle d'or existait chez les Omaris. Les Omégas ne pouvaient pas être asservies, uniquement appariées et, oui, souvent de force au début de leurs chaleurs. Mais, dès que le lien était établi, elles étaient considérées comme des citoyennes omaris, sous la protection et les bons soins de leur partenaire.

— Elle pense que vous la mordez quand elle fait

quelque chose de mal, continua l'Oméga non appariée.

Qu'est-ce qu'il ne fallait pas entendre ! D'une voix incroyablement triste, durcie par la rage accumulée, le Heidron siffla :

— Je la marque pour la rassurer quant au fait qu'à l'arrivée de ses chaleurs, je forgerai notre lien. Je l'ai mordue pour qu'elle se sente en sécurité quand elle avait peur. Pour qu'elle sache qu'elle peut me faire confiance.

La compassion brilla au fond des yeux d'un vert doré de la femme.

— Nous le savons… mais cela ne change pas notre verdict.

— Elle est à moi, siffla Simin d'un ton mortel.

— Elle ne vous reconnaît pas.

Simin se remit debout et, vibrant du besoin de démembrer la messagère, retroussa les lèvres.

— Je suis le Heidron de cette flotte, votre prince, et je défierai les Omégas pour que ma kor'yr me soit rendue.

Brave, aussi inflexible que les meilleures femmes omaris, l'Oméga campa sur ses positions.

— Il y a quelques jours à peine, elle a été arrachée de force à sa mère. C'est arrivé alors qu'elle avait passé des années à échapper aux Nierras qui pillaient son village. Elle a supporté les douleurs des pré-chaleurs par haine pour les Alphas et par amour pour la femme qui lui a donné naissance. Elle soupçonnait qu'ils la voleraient un jour, elle ignorait pourquoi, mais elle savait que ce n'était qu'une question de temps. Pour la punir d'avoir caché sa fille, sa mère a été défigurée par le fer et Morgaine qualifiée de sauvage.

L'Oméga lissa sa robe, puis ses cheveux, et se rassit avec une expression d'une telle tristesse que même l'Alpha enragé la remarqua.

— Après avoir parlé avec elle, je suis d'accord avec ce terme. Elle est complètement rustre, ignorante et terrorisée.

— Pourquoi pensez-vous que je vous l'aie apportée ? siffla Simin en grinçant des dents, s'imaginant déjà étriper cette femme.

— Nous vous autoriserons à la courtiser pendant une heure par jour.

— Ce n'est pas suffisant pour lui apporter du plaisir et nouer en elle !

— L'accouplement ne sera pas autorisé tant que Morgaine n'aura pas pris l'initiative, décréta-t-elle en se levant pour soutenir le regard du cinquième fils de son roi.

Ils savaient tous les deux que cela n'arriverait jamais. Simin la foudroya du regard, le torse dilaté, puis dégagea les mèches noires de son visage.

— Tant qu'elle ne connaîtra pas notre langue, je n'aurai aucun moyen de communiquer avec elle en dehors des actes physiques. Que suis-je censé faire ? Rester assis et l'admirer du regard ?

— Vous affirmez qu'elle est votre kor'yr. Alors prouvez-le, lança la traductrice Oméga qui, ayant rempli son devoir, se leva et quitta la salle dans un bruissement de sa robe.

18

— Ceci sera votre cabine.

Etaine, la femme aux cheveux coupés aussi courts que ceux des hommes dans sa colonie, la mena à l'intérieur. Ses yeux vert vif, de la même couleur que l'herbe neuve, étaient baissés dans une expression de honte, comme si elle trouvait l'immense pièce déshonorante.

— Veuillez nous excuser pour le manque de grandeur de cette chambre. Mais les Omégas qui résident entre ces murs ont choisi l'austérité.

Deux fois plus grande que sa chaumière, cette *cabine* était emplie de merveilles. Les murs brillaient, tout comme dans le premier vaisseau où on l'avait forcée à vivre. Mais ces murs n'étaient pas réfléchissants, seulement chauds et légèrement bourdonnants au toucher. Il y avait même un espace séparé pour l'hygiène, un peu comme celui des quartiers de l'Alpha, mais plus petit et bien plus confortable.

Parce qu'il était privé.

Pour dormir, on lui avait attribué un lit – étroit, avec une couverture –, et non une fosse ouverte au milieu de la pièce.

Les Omégas lui offrirent tout ceci après qu'elle eut griffé plusieurs d'entre elles, frappé celles qui l'avaient plaquée au sol, mordu une autre jusqu'à percer sa peau.

C'était trop beau pour être vrai.

— Et vous allez m'autoriser à rester ici ? redemanda Morgaine en triturant sa chevelure en bataille. Il ne peut pas entrer ?

— Vous êtes la bienvenue ici, répondit Etaine, la patience incarnée, sans doute pour la dixième fois. Et, non, notre Heidron ne peut pas entrer. Aucun mâle n'est autorisé à franchir la ligne dorée sacrée des Omégas.

— Ce n'est qu'une marque au sol. Qu'est-ce qui les en empêche ?

— Ceux qui ont osé, nous les avons tués, répondit sa guide sans ciller. Entrer sans permission dans le sanctuaire des Omégas va à l'encontre de toutes nos lois.

Un reniflement mi-amusé mi-incrédule resta

coincé dans son nez. Les femmes de cet endroit étaient petites, comme elle. Elles ne faisaient pas le poids face à un Alpha.

— Vous ne me croyez pas ? la défia Etaine en haussant un sourcil, ses yeux plus beaux que tous ceux qu'elle ait jamais vus.

— J'ai vu des Alphas faire des choses terribles, répondit Morgaine en frissonnant, malgré la chaleur douce de la pièce. Quand j'ai rendu les coups, j'ai perdu. Ils m'ont forcée à faire tout ce qu'ils voulaient.

— Notre Heidron ? Il vous a forcée ?

La question était sérieuse, et elle hésita quant à la réponse. Maintenant qu'on lui avait expliqué ce que *Heidron* voulait dire, elle voulait désespérément rester parmi les Omégas et loin de leur prince.

— Je ne sais pas, répondit-elle, sans pour autant mentir.

Elle ne s'était pas défendue, mais cela ne voulait pas dire qu'il n'avait pas pris des libertés qu'elle lui aurait refusées s'il avait eu la bonté de demander.

Etaine lui décocha ce qu'elle soupçonnait être un rare sourire.

— Je suis ravie que vous soyez parmi nous. Toutes les Omégas ne désirent pas l'attention des Alphas. Il s'en trouve beaucoup ici qui comprennent ce que vous ressentez.

Ces mots, ce petit sourire timide… Morgaine sentit un fardeau quitter ses épaules.

— Comme vous ?

— Je suis fière d'être Omari. Fière d'être Oméga. Pour prendre du plaisir, je savoure l'attention de mâles dignes, mais je ne souhaite pas avoir de partenaire. Ma carrière est ma vocation.

Tisser était considéré comme un travail pénible, mais Morgaine avait adoré ça. Tout comme elle avait adoré s'occuper de son jardin, des poules et des chèvres.

— Je sais coudre des vêtements. Je pourrais réparer ceux des femmes ici.

— Si vous voulez.

Mais sentirait-elle à nouveau un jour le soleil briller, la brise fraîche souffler sur son visage ?

— Il ne me laissera jamais retourner chez moi, n'est-ce pas ?

— Jamais. Ce serait impossible, répondit Etaine, plus sérieuse, ses yeux vert brillant. Soyez celle ou ce que vous voulez être dans ces quartiers. Reposez-vous. Pleurez, si nécessaire. *Apprenez*. Mais, si vous franchissez cette ligne dorée, il ne renoncera jamais à vous. Heidron Simin Gralloch vous estime beaucoup et vous a choisie comme partenaire.

Morgaine, elle, ne voulait pas de lui.

— Et je peux rester ici ?

— Pour toujours, si c'est ainsi que vous désirez passer votre vie.

C'était un début. En souriant, elle remercia la femme, sans savoir si elle devait l'étreindre ou lui tendre la main.

— Reposez-vous. Nous vous enverrons de quoi manger et prendre soin de vous. Je viendrai vous chercher demain.

— Demain ?

— Oui, le Heidron est autorisé à vous voir pendant une heure par jour. Je traduirai.

Panique. Terreur à donner des crampes. Bien sûr, c'était trop beau pour être vrai.

— Mais, je pensais…

— Il vous a amenée ici parce qu'il savait que vous souffriez. Il va vouloir s'assurer que vous allez bien. Et le Heidron Simin désire vous faire la cour.

LA PORTE du secteur oméga allait être déverrouillée d'un moment à l'autre et, derrière celle-ci, sa femme l'attendrait. Au bout d'une seule nuit sans elle dans son nid, il grinçait déjà des dents.

Pas de courbes chaudes à serrer contre lui. Pas de doux soupirs tandis qu'il la comblait. Rien que les effluves de son parfum pour lui rappeler qu'à un moment donné, il l'avait eue.

Quand des esclaves arrivèrent pour récurer ses quartiers, il leur interdit de déranger le nid. Il refusait d'effacer la présence de Morgaine de ses oreillers. S'enfouir sous la couverture et inspirer profondément son odeur était la seule chose qui lui permettait de garder toute sa tête.

Il avait déjà envisagé cinq façons différentes de démolir la porte du secteur oméga, prêt à débarquer et à exiger qu'elles la lui rendent.

Il pourrait couper leur alimentation en air, leur refuser des provisions jusqu'à ce qu'elles soient affamées. Il pourrait récupérer sa kor'yr sans franchir leur maudite ligne.

Mais elle le haïrait encore plus qu'elle le haïssait déjà.

Le rut influençait son esprit si puissamment qu'il s'imaginait pouvoir entendre ses doux gémissements s'il fermait les yeux assez fort et portait l'oreiller imbibé de cyprine à son nez, qu'il humait jusqu'à ce que ses poumons le brûlent. La queue aussi dure qu'une barre de fer, il avait dû se servir de sa main. Il avait eu beau stimuler son nœud, il n'avait éprouvé aucun soulagement. Il s'était astiqué jusqu'à vider entièrement ses couilles endolories et avait continué encore, à sec.

La douleur avait été atroce.

Une douleur qu'il méritait, apparemment.

L'Oméga Etaine avait reçu pour ordre de

compiler un rapport express sur tout ce que Morgaine lui avait révélé. Ce que Simin vit projeté sous ses yeux transcenda sa rage et le noya dans une émotion qu'il n'aurait pas pu nommer.

Fouetté, réduit à des os brisés, à une âme sans importance.

Il avait les noms des Alphas, leurs rangs ; il savait sur quel vaisseau ils vivaient. Le moment voulu, il s'emparerait de leurs vies. Mais, d'abord, il devait aider sa kor'yr à guérir.

Pour la tenter, il fit envoyer la meilleure nourriture, les spécialités les plus prisées, au secteur oméga. Vêtements de première qualité, bijoux, tout ce qu'une femelle pouvait désirer. Des mets rarissimes.

Elle devait voir qu'il pouvait lui apporter tout ce qu'elle aurait pu désirer, comprendre qu'en tant que sa partenaire, elle ne manquerait de rien.

Un jour, son père avait offert à son épouse les mains coupées d'une tribu d'ennemis qui s'en étaient pris à son cousin. Simin offrirait à Morgaine des têtes tranchées, leurs queues flasques fourrées dans leurs bouches, sur un plateau d'or pur.

Il lui achèterait les esclaves les plus intelligents pour la divertir.

Si elle désirait une planète, il lui en offrirait trois.

La satanée porte qui le séparait de sa partenaire finit *enfin* par s'ouvrir.

Morgaine l'attendait déjà, mais elle s'attardait hors de portée, derrière la ligne de démarcation du territoire oméga. Peu importait. Au moins, il pouvait la voir, la sentir… peut-être même la toucher si elle faisait un pas vers lui.

Simin entra en souriant. Le soulagement calma enfin l'agitation qui bouillonnait dans ses veines et brûlait l'arrière de sa gorge. Leurs regards se croi-sèrent, il ronronna, mais elle ne lui rendit pas sa joie.

À la place, elle recula d'un pas et jeta un regard nerveux à l'Oméga aux cheveux courts qui patien-tait tout près.

Sa partenaire prit la parole, sa langue fluette, que la traductrice consolida :

— On m'a dit que vous ne pouviez pas franchir cette ligne.

Cette maudite ligne en carreaux dorés avait retenu l'attention de Morgaine. Ses yeux bleus, si expressifs quand elle était en proie à la passion, refusèrent de se lever pour croiser ceux de son parte-naire après le premier bref échange.

Simin avança dans la pièce aigrie par la peur de la femelle et se frotta la poitrine, où sa terreur lui faisait le plus mal. Il voulait tellement tendre la main vers la sienne mais, pour chaque pas qu'il faisait vers elle, elle reculait d'un pas équivalent.

— Non. Je ne peux pas, confirma-t-il. As-tu cousu cette tenue ? demanda-t-il ensuite en voyant qu'elle ne portait aucune des robes de qualité qu'il lui avait envoyées.

Elle avait revêtu un style de tunique que Simin n'avait jamais vu. L'habit était simple, modeste, en tissu blanc.

— Oui. Etaine m'a offert le nécessaire, répondit Morgaine en souriant à la traductrice qui leur permettait de communiquer.

— Elle est très belle.

Mais il ne la lui avait pas offerte. Pourquoi ne portait-elle pas ce qu'il lui avait offert ?

Les joues légèrement roses, Morgaine lissa le jupon.

— Ma mère m'a appris à coudre, à tisser et à teindre. Ce n'était apparemment pas considéré comme un talent utile par les Alphas. Aucun de mes talents ne l'était. Mais, ici, j'ai déjà récolté un panier de vêtements qui doivent être reprisés.

Simin lança à la traductrice un regard noir, incisif et menaçant. Repriser était le travail des esclaves, pas des reines. Cela dit… Morgaine parlait de son travail avec fierté.

En outre, il prenait plaisir à l'entendre parler d'elle-même.

— Parle-moi de tes talents, l'amadoua-t-il en faisant un pas vers la ligne de démarcation.

Morgaine sembla gênée. Ses joues rougirent, et elle reposa les yeux au sol.

— Dans mon village, j'étais connue pour la qualité de mes teintures… pour les vêtements que je tissais.

— Et vas-tu teindre cette robe ? La couleur de mon clan est le vert, dit-il, trop empressé, tant il mourait d'envie qu'elle le regarde. Je peux te trouver ce dont tu as besoin… si tu veux. Tu serais si belle en vert.

Elle ne répondit pas à son offre. S'exprimant d'un ton défensif qu'il perçut sans connaître sa langue, elle continua :

— J'ai élevé des chèvres et fait du fromage. J'ai construit des maisons et tenu un jardin. J'ai été élevée par des fermiers.

— Avais-tu beaucoup d'amis ?

Elle cligna des yeux et, enfin, leva la tête.

— Vous n'allez pas vous moquer ? *J'ai dit des fermiers*. Je ne savais même pas ouvrir une porte sur ce vaisseau jusqu'à ce qu'Etaine me montre comment.

— Tu es travailleuse et, à en croire la robe que tu as tissée, talentueuse. Un esprit avide d'apprendre comprendra vite les rouages de ce vaisseau. L'univers ferait bien de se rappeler le labeur continu de ceux qui vivent simplement.

Elle ne savait apparemment pas quoi répondre, alors elle le dévisagea, comme si elle jaugeait ses paroles et cherchait la blague.

— Parle-moi de tes amis, l'encouragea Simin avec un sourire, le genre qu'il réservait à sa mère quand il était petit et volait des friandises. Parle-moi de ta patrie. Je veux tout savoir sur ma kor'yr.

Il vit l'ombre d'un sourire, et le visage pincé de Morgaine se fit songeur.

— Mes amis… Eh bien, j'avais beaucoup d'amis, quand j'étais jeune. En grandissant, c'est devenu plus difficile.

Et il n'était pas compliqué de comprendre pourquoi.

— Parce que tu étais Oméga et que les garçons voulaient être plus que tes amis ?

— J'imagine…

Morgaine secoua la tête, perdue dans ses pensées, avant de lancer :

— Nous avions des comptines sur les Omégas. Personne ne voulait être né Oméga. C'était considéré comme une malédiction.

Comme elle se trompait !

— Être né Oméga est une bénédiction !

La passion qui sous-tendait l'emportement de

Simin ne l'impressionna pas. Elle recula d'un pas, et sa lèvre inférieure se mit à trembler.

— Qu'en savez-vous ? C'est terrible et, maintenant que j'ai vu ce qui est arrivé à Esmeralda, je comprends pourquoi.

— Qui ?

Etaine lui expliqua, pour épargner à Morgaine l'effort de répéter ce qu'elle avait été forcée de regarder. Elle lui parla des leçons, des ébats sur son mur, de sa première expérience visuelle du corps nu d'un homme. Du sang, des sécrétions et des cauchemars.

Chaque fibre de son être le poussait à avancer vers sa partenaire. Au lieu de quoi, Simin recula d'un pas. Le souffle lourd, empestant la colère, il posa une main sur ses yeux.

— Ce n'était pas la faute d'Esmeralda. Comment aurait-elle pu connaître les risques des chaleurs si elle ne savait pas à quoi s'attendre ? Au contraire, c'était la faute des Bêtas pour leur manque de retenue. Mais, en définitive, ce sont les Alphas qui sont à blâmer, pour avoir créé une situation dans laquelle une telle chose pouvait arriver.

Morgaine se figea, soutint son regard, et resta bouche bée.

Simin, lui, avait des choses à dire. Beaucoup de choses à dire.

— Les Alphas qui t'ont montré ces choses ont

employé des tactiques de guerre psychologique. C'est habituel pour déformer les pensées des populations ennemies afin de les conformer aux désirs de l'agresseur. Ça simplifie l'invasion.

— Ils m'ont dit que les Alphas aimaient les Omégas, qu'ils existaient pour les protéger, marmonna la fille aux cheveux dorés. Que tout ce qu'ils faisaient était pour mon bien.

Son expression le dégoûta. Simin avait besoin de la serrer dans ses bras, mais il ne put offrir qu'un ronronnement.

— Ils t'ont menti.

— Je sais. Sinon, ils n'auraient pas menacé de fouetter ma mère si je continuais à désobéir, opina Morgaine, le cœur brisé. Ils ne m'ont jamais aimée.

— Mais, moi, je t'aime, kor'yr, proclama-t-il, enthousiaste, en se redressant et en tendant une main, dans l'espoir qu'elle la prenne.

Son mouvement la poussa à reculer précipitamment.

— Vous ne me connaissez même pas !

L'heure ne s'était pas écoulée, mais Morgaine tourna les talons et fuit le prince qui envisageait de risquer la mort pour pouvoir l'enlacer.

Incapable de l'arrêter, Simin dut se contenter de regarder Morgaine courir se cacher. Dire que leur premier rendez-vous dans cet endroit ne s'était pas passé comme il l'avait espéré aurait été un euphémisme. Il lui avait filé la frousse quand il s'était mis à nu et ridiculisé avec cette déclaration publique d'adoration.

De nombreuses Omégas omaris appariées passaient toute une vie sans entendre ne fût-ce qu'un *Je t'aime* de la part de leur Alpha. L'affection était démontrée par l'action, la qualité des offrandes et l'attention.

La dévotion était démontrée par des ébats attentifs et vigoureux.

Jamais par des mots.

La rumeur se propagerait bientôt que le Heidron

avait ouvertement déclaré sa flamme et que sa femelle avait refusé ses avances. Bon nombre de ses hommes ricaneraient. Certains pourraient même le défier pour sa faiblesse.

Simin s'en moquait. Ce qui le dérangeait surtout, c'était qu'il avait fait peur à Morgaine.

Il se souciait du fait qu'elle ne faisait pas confiance aux hommes, que ses ennemis avaient dévalorisé le pouvoir de ce mot monumental. Où qu'elle soit allée se cacher, c'était sûrement pour pleurer.

À cause de lui.

Frustré et en proie aux effets indéniables du rut — il avait beau l'abuser, sa queue palpitante refusait de débander —, il posa sur la traductrice un regard vicieux, colérique et... déçu.

Si l'Oméga aux cheveux courts avait été plus sage, elle aussi se serait repliée derrière la ligne de démarcation. Au lieu de quoi, elle l'enjamba. Une proie facile.

— Heidron, s'inclina Etaine en regardant son prince et non l'Oméga qui fuyait.

Ravalant le rugissement qui menaçait de déchirer sa poitrine, il l'attrapa par le bras et la tira loin de cette maudite ligne.

— Où sont les cadeaux que je lui ai envoyés ? Pourquoi lui avez-vous fourni des vêtements ?

— L'Oméga supérieure a ordonné que les vêtements que vous lui avez envoyés soient mis de côté pour le moment. Ils lui seront offerts en temps utile mais, pour l'instant, elle a besoin de familiarité. Morgaine a très envie de retrouver une raison d'être et de montrer sa valeur aux autres.

Malgré son bras meurtri par la prise de son prince, levé au point qu'il effleurait son oreille, Etaine gardait une expression posée. Mais l'odeur qui émanait de son col démentait son attitude calme. L'Oméga était nerveuse, et pas sans raison. Devant elle se trouvait un Alpha *furieux*. Un Heidron, rien que ça ! Suffisamment capable et en colère pour en finir avec elle, et elle était celle chargée de lui livrer les mauvaises nouvelles.

— Les Nierras lui ont volé son innocence. Vous ne guérirez pas son amour-propre blessé avec des tissus fins et des richesses qu'elle ne comprend pas.

Elle haleta, comme si la douleur avait dépassé un seuil qu'elle ne pouvait plus prétendre ignorer, puis siffla :

— Ses progrès ont néanmoins dépassé ce que vous imaginez.

— J'en doute, murmura Simin en baissant la tête, afin qu'Etaine voie ses lèvres retroussées et sente son haleine.

Sous sa poigne, le bras de la femme tressauta, et elle fronça les sourcils en essayant de conserver son sang-froid.

— Ses cheveux étaient découverts, Heidron. Dans le village de Morgaine, les femmes ne montrent leurs cheveux qu'en présence de la famille, des amis intimes et pour impressionner le sexe opposé.

Et effectivement, ses cheveux dorés avaient cascadé autour des épaules de sa jolie kor'yr. Quelques fines tresses avaient parsemé toutes ces mèches bouclées. Et elle avait rougi quand il avait complimenté sa robe…

Ces détails apaisèrent sa fureur. Simin relâcha la femelle.

À sa décharge, Etaine ne se frotta pas le bras et ne recula pas. Telle le soldat que sa tenue représentait, elle resta fière et lui offrit d'autres renseignements.

— Elle ne supporte pas la viande crue.

La meilleure viande était toujours servie crue. La cuire aurait détruit l'équilibre délicat des saveurs.

— Expliquez-vous.

— Leur bétail était bourré de parasites, et le peuple de Morgaine n'a jamais eu accès à des technologies de stérilisation de la nourriture et de l'eau, en dehors de la cuisson et de l'ébullition. C'est pourquoi vos offrandes ont été remplacées par des mets simples, communs dans son village. Du fromage, de l'avoine bouillie. Le soulagement sur son visage, quand on lui a servi autre chose que des mets fins, témoigne du bon sens de l'Oméga supérieure.

De la nourriture d'esclave.

Ces femmes servaient de la nourriture d'esclave à une princesse, qui les dépassait de loin en rang. Et elles avaient eu raison. Simin avait beau ne pas être content, il comprenait leur sagesse.

— Et vous dites que ça lui a fait plaisir ?

— Tout comme coudre cette robe. Elle a travaillé dessus toute la nuit pour pouvoir la porter aujourd'hui, répondit Etaine, visiblement impressionnée sous son air stoïque. Si seulement la moitié de mon équipe était aussi assidue que votre kor'yr !

Le fait qu'Etaine ait appelé Morgaine *sa kor'yr* lui valut un pardon mineur à ses yeux. La fierté palpita en lui en entendant ce qui lui avait échappé. Simin croisa les bras sur sa poitrine.

— Et quelle autre sagesse votre Oméga supérieure a-t-elle daigné appliquer à ma femelle ? Lui avez-vous demandé de balayer vos sols ? railla-t-il, de plus en plus satisfait.

— L'esclavage ne la met pas à l'aise, et elle a déjà déclaré qu'elle nettoierait elle-même sa cabine. Mais ne vous inquiétez pas, l'Oméga supérieure ne laissera pas son anticonformisme s'étendre au-delà de ses quartiers privés. Elle apprendra les mœurs omaris.

Simin avait effectué des recherches sur cette

femme. Il avait lu son dossier militaire, celui de sa famille et qui elle préférait comme amants.

— Cheffe d'équipe de traduction des Opérations psychologiques nierras, vous travaillez sous les ordres de l'Alpha supérieur Monseigneur Amsqin. Appréciez-vous cette affectation ?

Etaine hésita, et ses traits se pincèrent, comme si elle anticipait qu'il menace son poste.

— Oui. OPSY est une mission très épanouissante. L'équipe d'Amsqin influence les choix de nos ennemis, implante des idées dans l'esprit de nos adversaires, modifie les perceptions et les résultats. Je pense sincèrement que notre travail était la pierre angulaire de notre dernière victoire sur les Nierras. Ils se sont rendus pratiquement sans combattre. Et si vous demandez si je suis la seule Oméga à bord à parler la langue de Morgaine, la réponse est oui. Tous les autres traducteurs sont des mâles Bêtas.

— On dirait donc que j'ai une experte à disposition pour aider ma partenaire à se remettre ; pour guider sa transition vers cette nouvelle *situation*.

Un tic agita sa mâchoire, le tic d'une Oméga visiblement tentée de souligner le fait que Morgaine n'était pas encore sa partenaire. Pas tant qu'elle ne serait pas entrée en chaleur. Pas tant qu'elle n'aurait pas été marquée, et certainement pas si elle ne quittait plus jamais ce sanctuaire. Ou peut-être ce tic l'agitait-il parce qu'Etaine comprenait exactement ce qu'il avait sous-entendu de manière pas très subtile. Un agent OPSY savait comment influencer l'ennemi, le rallier à sa cause, le repositionner mentalement, en quelque sorte. Il s'attendait donc à ce qu'elle emploie ces compétences pour manipuler la fille.

— Mon prince.

— J'attends que vous me disiez exactement ce dont ma kor'yr a besoin. Alors je le lui fournirai, et non la vieille femme. J'attends également que vous corrigiez mes erreurs pendant nos échanges.

— Vous voulez *mes* conseils sur comment conquérir votre femelle ?

Une telle chose était inédite ; gênante pour les deux parties.

Mais l'humiliation n'était rien, comparée à toute une vie sans sa partenaire.

— Oui.

— Je…

Etaine se mordilla la lèvre en réfléchissant, puis recula lentement vers la sécurité de la ligne dorée.

— Je vous enverrai des suggestions quand je mettrai le rapport à jour.

Il n'y aurait qu'un résultat acceptable à cet arrangement. Bien qu'il soit patient et avide de la rendre heureuse, Simin menait une guerre. Une guerre contre des antécédents douloureux et malheureux. Une guerre contre la femme qui ne lui faisait pas assez confiance pour lui rendre sa partenaire. Une guerre contre ses propres attentes.

— Elle retrouvera son chemin vers son partenaire et, si d'aventure elle se perdait, vous la repousserez gentiment sur la bonne voie.

Etaine n'en semblait pas certaine. Hors de sa portée, à nouveau protégée par le sanctuaire dans lequel Simin ne pouvait pas la toucher, la traductrice dit ce qu'il craignait le plus.

— Elle est très jeune, mon prince. Même avec des suggestions constantes, Morgaine pourrait ne pas être prête pour prendre un partenaire.

— Alors j'attendrai, et je la retrouverai dans ce maudit couloir pendant une heure bénie chaque jour, jusqu'à ce qu'elle le soit.

20

Simin Gralloch, Heidron de sa flotte, avait brossé ses cheveux et les avait laissé pendre au lieu de les attacher à la nuque. Il avait revêtu les cuirs d'un guerrier, pour trompeter ses prouesses, et exhibait ses cicatrices de guerre, signes de ses mérites, une mise en garde pour tous ceux qui posaient les yeux sur sa chair huilée. Il ne portait pas d'armure, pour montrer aux combattants potentiels qu'il était intrépide, mais il était arrivé avec des cadeaux.

C'était comme cela qu'elle l'avait vu la première fois. C'était comme cela qu'elle devrait apprendre à le connaître, tout comme il allait devoir apprendre ses étranges coutumes nierrannes.

Découvrir ses cheveux était un signe de flirt. Eh bien, ses cheveux à lui balayaient son dos ; il les avait peignés jusqu'à ce qu'ils brillent. Aucun esclave n'avait été invité pour le préparer. Il s'était lavé lui-même, habillé lui-même, masturbé trois fois avant leurs retrouvailles, afin que le colosse reste calme derrière son cache-sexe.

Les suggestions d'Etaine avaient été… terribles. Cette femelle n'était décidément pas du tout féminine.

Quel genre de femme suggérait à un mâle d'offrir des fleurs ? Elles faneraient au bout d'un jour ou deux. Des rubis sans imperfection, cela dit… On pouvait faire tant de choses avec des pierres précieuses.

Mais, afin de progresser ne fût-ce qu'un peu, il avait arrangé quelques pétales flétris sur un plateau, autour de gros rubis pour attirer son regard. Au milieu de son offrande se trouvait ce qu'il avait passé la matinée à préparer lui-même : un bol de gruau et un gâteau aux noix brûlé.

Après tout, il était du devoir d'un Alpha de nourrir sa partenaire, de préparer ses repas dans une certaine mesure, même de chasser de la viande fraîche lorsqu'il se trouvait à proximité d'une planète connue pour son gibier. Mais cuire… mélanger et assaisonner… était le travail des esclaves.

Elle appréciait le travail des esclaves. Il s'efforcerait donc de lui faire plaisir.

Tant pis pour ses doigts brûlés. Il était déterminé à impressionner la femme qui se tenait hors de sa portée, vêtue de la même robe blanche que la veille.

Quoiqu'aujourd'hui, la robe était plus détaillée qu'hier. Elle y avait cousu un col, et les manches avaient été embellies par des plis froncés. Même la silhouette du jupon avait changé ; il ne ressemblait plus à un rideau qui couvrait ses jambes bien dessinées, maintenant que la taille avait été resserrée avant de s'évaser.

Morgaine ressemblait moins à une femme vêtue d'un sac à patates et plus à une couturière qui exposait son travail.

Simin remarqua ces changements, fit courir ses yeux de ses orteils cachés à ses cheveux glorieux. Il prit son temps pour étudier ce qu'elle lui présentait, l'expression légère, le sourire ravi. Il força ensuite sa langue à prononcer ce mot étrange, le seul qu'il avait appris :

— Bonjour.

Il buta sur le mot, qui sortit comme un gargouillis, mais les yeux bleus de la femelle s'animèrent. Un sourire timide aux lèvres, Morgaine répéta sa salutation.

En l'entendant prononcer le mot, Simin se rendit compte qu'il l'avait dit de travers, mais ce n'était pas ce qui comptait. L'Oméga était impressionnée par son effort.

— C'est le seul mot que j'ai appris mais, chaque jour, je t'apporterai une surprise. Je t'ai préparé quelque chose à manger, même si je ne suis pas aussi doué pour cuisiner que toi pour coudre.

Bien plus à l'aise lorsqu'il parlait sa langue natale, il posa le plateau sur la ligne dorée, afin qu'elle le prenne quand elle se sentirait prête.

Elle baissa les yeux vers le plateau jonché de fleurs et de pierres rouge sang étincelantes. Abasourdie, elle refusa d'approcher.

— Etaine m'a expliqué que les mâles omaris servaient leurs repas à leurs femmes. Sur le vaisseau d'Esin, ils ont souvent essayé de me nourrir. Quand ç'a été le tour d'Esin, il m'a apporté… Je ne me rappelle pas le nom.

Simin recula d'un pas avant qu'elle puisse sentir le musc de la colère d'un Alpha dans l'air. Il inspira de manière contrôlée et arriva même à parler sans grincer des dents :

— As-tu apprécié sa nourriture ?

Perdue dans ses pensées, Morgaine ne remarqua pas son changement d'humeur, ni sa tentative flagrante de le lui cacher. À la place, elle contempla le plateau, les pétales de fleurs jaunis, la simple nourriture.

— Je ne l'ai pas goûtée. Je n'ai rien pu avaler après les coups de canne. Ou, si c'est le cas, je ne m'en souviens pas. Rien n'avait bon goût, parce que tout ce qu'ils me servaient avait été volé dans mon village. Les femmes d'ici disent que je suis une Nierra, mais mon peuple ne ressemble en rien à ces hommes.

Il pourrait exploiter cette information, la guider vers des choses qu'elle apprécierait. Plus détendu, Simin s'accroupit pour s'asseoir au sol et croiser les jambes.

— Je ne peux pas promettre que ton déjeuner aura bon goût. Je suis presque sûr d'avoir brûlé le gâteau mais, quand tu l'auras goûté, aie pitié d'un pauvre homme et dis-moi ce que j'ai fait de travers. Pour moi, il a le goût de noix brûlées. Crois-le ou non, c'était le meilleur des trois. Les autres, je les ai éjectés dans l'espace.

En voyant le mâle assis par terre, elle parut choquée. Mais ses yeux se plissèrent, comme si elle se retenait de rire en entendant ses bêtises.

— Je suis sûre que l'intérieur est parfait.

— Alors tu veux dire qu'il n'est pas censé être brûlé à l'extérieur…, musa-t-il en se frottant la mâchoire, puis en lui lançant un regard malicieux, faussement peiné. Inutile de me ménager, je peux supporter la vérité.

En l'entendant, elle poussa un petit rire incrédule et esquissa un sourire.

— Je n'ai encore jamais rencontré d'homme qui le pouvait.

— Tu me blesses, déclara-t-il en posant la main sur son cœur avec une grimace offensée.

L'Oméga poussa un rire sincère, mais elle serra vite son jupon dans ses poings et commença à se mordiller nerveusement la lèvre.

— Prends le plateau, insista Simin en la voyant se dandiner, indécise. Je ne bougerai pas d'ici. Je veux même bien reculer si ça t'aide à te sentir mieux. Cela dit, on devra sans doute crier pour parler si je m'éloigne trop.

Morgaine s'approcha petit à petit, tendit la main vers le plateau et le tira assez loin de son côté de la ligne pour que Simin ne puisse pas la toucher, même s'il s'étendait au maximum. L'imitant, elle posa une fesse par terre et glissa ses jambes sous son jupon.

Il l'observa tandis qu'elle ramassait la cuillère qu'il avait posée à côté du bol, puis sciait le dessus du gâteau avec le manche. Elle s'occupa ensuite rapidement des côtés, jusqu'à ce que l'intérieur qui n'était pas brûlé par sa cuisson maladroite ressemble à un rectangle bien droit... qui avait l'air bon. Presque mangeable.

— Alors voilà le truc...

— Petit secret de pâtissier. Je suis assez douée pour brûler la nourriture, moi aussi. Ma mère était une bonne cuisinière, reprit Morgaine en nettoyant l'assiette et en déposant les bords brûlés sur un rubis particulièrement gros.

— Était ?

— Est, se corrigea-t-elle en secouant ses cheveux dorés.

— Elle doit beaucoup te manquer.

L'Oméga se hérissa, et toute taquinerie se mua en méfiance.

— Est-ce un piège ?

— Parle-moi d'elle.

L'amertume teinta son expression, qui se vida tout à fait.

— Elle est merveilleuse.

— Et ? insista Simin d'une voix légère, en s'accoudant au sol.

— Et je ne veux pas parler d'elle avec vous.

La réplique avait été sèche, forte et, à l'autre bout de la pièce, les Omégas qui paressaient tournèrent la tête vers eux.

Simin fit rouler son épaule et ignora sa mauvaise humeur, ainsi que les femmes qui les espionnaient.

— Je suis le préféré de ma mère. Tous mes frères diraient le contraire, et mes trois sœurs également, mais j'en suis convaincu. Tu ne l'as peut-être pas encore réalisé, mais je suis extrêmement charmant.

Morgaine renifla. Simin sourit.

— Mon père l'a trouvée sur... Oh, comment s'appelait cette planète ? s'interrogea-t-il tout haut, car il ne s'en souvenait absolument pas. Quelque part de très froid. Elle menait l'armée rivale. Au premier regard, il a su. Il l'a revendiquée sans attendre sur le champ de bataille, au milieu des guerriers confus, qui ne savaient pas s'il fallait applaudir le spectacle ou continuer à s'étriper. Au fond, j'ai toujours suspecté que c'était la stratégie de ma mère depuis le début. Séduire et détruire. À présent, elle est Impératrice de tous les Omaris et la mère poule de douze enfants. Oui, douze ! Mais je voulais te rappeler que je suis son chouchou. Mon père est un dur à cuire, mais il l'adore au point que c'est presque embarrassant.

Son Oméga paraissait accablée, et des larmes perlaient déjà entre ses cils.

— Il l'a violée devant tout son peuple ?

Simin s'éclaircit la gorge et admira ses ongles.

— À entendre l'histoire racontée par Maman, c'est elle qui s'est jetée sur lui, les couteaux dégainés pour déchiqueter ses cuirs. Elle l'a dénudé et forcé sur le dos en moins de trois secondes. Et puis elle l'a chevauché sur le champ de bataille, sous les yeux des deux armées.

Au début, la fille parut horrifiée, puis déroutée, avant de comprendre ce qu'il voulait dire par *chevauché*.

— Vous vous foutez de moi !

— Nan, fit-il avec son sourire charmeur. Chaque mot est véridique ; cela dit, vu le regard scandalisé de notre traductrice, elle n'était pas au courant des débuts de leur idylle. À présent, douze enfants plus tard, je pense qu'on peut affirmer sans se tromper qu'ils sont tous deux ravis du dénouement de ce combat.

Morgaine s'empara d'un bout de gâteau et mordit dedans. Elle soupira avant de murmurer :

— J'ai toujours voulu avoir des frères et sœurs.

Avide d'en savoir plus, Simin leva les yeux de ses ongles pour les poser sur l'Oméga la plus parfaite qui ait jamais existé.

— Tu es fille unique ?

— Bien sûr. Je suis née de père Alpha. Ma mère a été exclue pour m'avoir portée.

Quoi ? Ce qu'elle disait n'avait aucun sens à ses yeux.

— Je ne comprends pas.

— Les Alphas sont l'ennemi. Ils viennent uniquement pour voler et piller. L'un d'eux l'a *sautée*, et les voisins ont considéré ça comme impardonnable.

Morgaine rejeta ses cheveux par-dessus son épaule pour manger le bol de gruau.

— Ils ont découvert qui était mon père, pendant que j'étais enfermée dans leur prison. Ils l'ont exécuté.

— Tu parles d'une chose si terrible avec tant de légèreté, mais je peux sentir une tristesse profonde derrière tes paroles. Je suis désolé pour ce qui est arrivé à ta mère et pour ce qui t'est arrivé.

Et il le pensait vraiment, car il savait qu'un jour, elle en apprendrait plus sur la culture omari et lui en voudrait pour leur manière de conquérir les femmes. Mais ce jour n'était pas encore venu. Aujourd'hui, elle leva les yeux, la bouche remplie de nourriture qu'il avait préparée pour elle, et croisa son regard.

C'était le moment qu'il avait attendu. Loin de la ligne de démarcation, il lui dit au revoir, se leva et, délibérément, écourta le temps qui leur était accordé.

— Je dois y aller à présent, douce Morgaine. Toutes mes excuses. J'espère que tu apprécieras mes cadeaux.

La bouche pleine, elle ne put lui répondre.

21

Morgaine aurait voulu prétendre que ces rendez-vous obligatoires étaient pénibles mais, au fil des semaines, ils étaient devenus le meilleur moment de sa journée. Même s'il lui était toujours difficile de regarder l'Alpha quand il venait la voir, celui-ci se déplaçait toujours lentement, comme pour ne pas l'effrayer.

Ou avançait-il à l'allure d'un escargot pour lui montrer toute cette peau brillante sous son meilleur jour ? Elle commençait à soupçonner que c'était plutôt ça. Le géant paressait sur le flanc, une jambe tendue, un genou plié, exactement comme il s'allongeait à côté d'elle dans sa fosse avant, après et entre leurs ébats. Il se léchait les lèvres comme il le faisait après l'avoir goûtée dans des endroits dont les femmes qui se respectaient ne parlaient pas.

Pourquoi venait-il toujours la voir pratiquement nu ?

Un pagne en cuir autour de la taille n'était *pas* un vêtement. Bon sang, il avait porté plus que ça la première fois qu'elle l'avait vu sur l'horrible vaisseau d'Esin. Or, jour après jour, Simin pavanait son torse huilé et ses cheveux aussi lisses et brillants qu'une cascade qui se déversait dans son dos. Plus d'une fois, il l'avait surprise en train de le reluquer, mais qui ne l'aurait *pas* reluqué ?

Assidûment, elle venait chercher son plateau, gardait les yeux posés sur la nourriture et se laissait peu à peu aller à cette conversation légère. Simin était un vrai pitre, qui la poussait délibérément à rire dès qu'il en avait l'occasion.

Pas du tout comme Esin, avec ses regards dérangeants, ou Uriel, qui exigeait qu'elle obéisse à ses demandes. Simin n'exigeait jamais *rien*, mais il demandait beaucoup de choses.

Un jour, il lui avait demandé de prendre le plateau de ses mains, pour ne pas faire tomber l'horrible peau qui pendait de son bras. Cela faisait plusieurs jours qu'ils se retrouvaient à ce stade, et il n'avait rien fait d'importun à part lancer quelques blagues paillardes, assez drôles pour lui soutirer un petit rire étouffé. Mais se rapprocher de la ligne, alors qu'il se trouvait juste de l'autre côté… Il avait fallu plusieurs minutes au mâle pour l'amadouer assez pour qu'elle tende les mains et prenne le plateau. Une fois fait, elle avait reculé et failli trébucher dans sa précipitation. Ce faisant, elle avait renversé le verre d'eau sur les fleurs et les pierres étincelantes qui brillaient entre les plats.

Dire qu'elle s'était sentie incroyablement bête était un euphémisme. Et Simin ? Il avait eu l'air complètement paniqué.

— Je n'allais pas essayer de t'attraper…

Elle s'était assise sur son derrière, avait posé le plateau par terre et s'était pris la tête entre les mains. Elle n'avait versé aucune larme, mais un sentiment d'échec avait saturé l'air.

— Est-ce que ça va ? demanda l'Alpha en reculant précipitamment de quelques pas. Est-ce que je dois partir ?

Même Etaine, qui restait toujours debout pour officier en tant que traductrice, avait brisé le protocole et fait un pas en avant.

— Accorde-toi un moment, Morgaine. Inspire profondément.

Incapable de lever la tête de ses mains, Morgaine se mit à frotter son cuir chevelu, comme pour repousser cette panique fugitive et retrouver son état normal.

— J'ai gaspillé sa nourriture, murmura-t-elle.

— Elle était sans doute dégoûtante, de toute manière, ironisa la femme.

Elle pouffa tout bas, et la tension commença à se dissiper dans sa poitrine.

— Il doit me prendre pour une folle.

— Qu'est-ce que ça peut faire, ce qu'il pense ?

Eh bien, en vérité, ce qu'il pensait comptait pour elle. Il s'était montré poli, lui avait apporté à manger tous les jours, une nourriture qu'il avait préparée lui-même, et elle s'en était emparée comme une folle ingrate. Ce qu'il pensait comptait, parce qu'il n'avait pas essayé de la tromper. Il avait juste voulu partager.

Simin n'était pas Esin. Pas plus qu'il n'était Uriel. Il était l'homme à qui elle avait été donnée par ces deux mâles.

Sa tête plus lourde qu'un rocher, Morgaine leva son menton avec effort, pour au moins regarder celui qu'elle avait offensé.

— Je suis désolée d'avoir gâché vos efforts.

Etaine traduisit, et Simin hocha la tête.

— Je n'aurais pas dû insister pour que tu prennes le plateau.

Il tendit le bras sur lequel il avait drapé une four-rure, celle dont il l'avait couverte quand il s'était emparé d'elle à bord du vaisseau nierran.

— Je pensais que tu pourrais vouloir t'asseoir sur quelque chose de plus confortable, expliqua-t-il.

Morgaine déplia les jambes et se força à se lever. Elle s'approcha de la ligne dorée en tendant ses mains tremblantes. Incapable de parler, elle déglutit, blêmit et attendit.

Quand l'Alpha s'approcha pour la lui donner, il le fit lentement, puis étala la fourrure sur ses bras avant de reculer sans avoir ne fût-ce qu'effleuré sa peau.

La fourrure était plus douce que dans ses souvenirs, souple et soyeuse. Mais tout aussi moche. Elle aurait même dit hideuse.

Ce jour-là, elle n'avait rien pu avaler et n'avait pas parlé beaucoup, mais ils étaient restés assis l'un en face de l'autre dans un silence confortable. Chaque soir depuis, elle avait dormi enveloppée dans cette peau de bête et, chaque après-midi, elle l'apportait à leur rendez-vous pour s'y asseoir.

Et, chaque jour depuis, elle s'était forcée à avancer vers lui pour lui prendre le plateau des mains. Même s'il lui avait fallu au moins une semaine avant d'être capable de le regarder dans les yeux en le faisant.

Le sourire qu'il lui avait lancé… avait fait remuer quelque chose dans son ventre.

Elle avait même oublié de reculer quand elle l'avait eu en main. Elle était restée figée, les yeux plongés dans les siens, le cou tendu.

Et pas qu'un peu ! Il était extrêmement grand. Plusieurs fois plus large qu'elle. Et il souriait comme s'il était l'homme le plus heureux au monde, planté là en train de lui tendre un plateau.

Elle n'avait pas remarqué la profondeur de son ronronnement jusqu'à ce qu'il lui lance ce compliment :

— Tu es très jolie aujourd'hui.

Son accent était prononcé, mais les mots reconnaissables. Il l'avait flattée dans sa propre langue. Morgaine avait rougi comme une tomate, comme s'il l'avait courtisée devant sa chaumière, lui avait apporté des fleurs et un cadeau de viande fumée.

— Merci.

— Tu ne vas pas me dire que je suis joli aussi ? relança-t-il pour la taquiner.

En *gloussant*, Morgaine avait reculé, le plateau entre les mains, et était retournée à sa fourrure.

— Si tu veux être joli, je te coudrai une robe. Je ne comprends pas comment tu n'as pas froid comme ça.

— Je serais très heureux de te laisser me réchauffer, de la manière que tu veux.

Quand elle leva les yeux, elle vit des braises rougeoyer dans les siens. De l'envie, de la faim, du désir, de l'adoration. Il la regardait comme il l'avait fait la toute première fois, mais le voir aujourd'hui ne faisait pas palpiter son cœur de terreur. Sa voix incroyablement grave non plus. Elle qui lui avait évoqué deux montagnes qui s'entrechoquaient lui faisait aujourd'hui plutôt penser au grondement de la mer. Apaisante, constante, même chaude quand il avait changé de sujet pour parler de…

De quoi avait-il parlé ?

Elle avait perdu le fil de la conversation à plusieurs reprises, trop occupée à admirer les mouvements subtils de son corps, la manière dont l'éclairage se reflétait sur son torse.

— L'Oméga supérieure m'a dit que si je ne voulais plus te voir, je n'y étais pas obligée, murmura Morgaine, perdue dans ses pensées. Elle m'a dit que je pouvais ne jamais refranchir la ligne dorée sur le sol ou quitter cet endroit… Mais je suis venue à chaque rendez-vous.

Les bras croisés sur son torse, la tête penchée de côté, Simin prêta attention à la moindre nuance dans ses paroles.

— Et tu ne sais pas pourquoi.

— Je me sens mieux avec toi que seule dans ma chambre…

Chaque mot était véridique. Morgaine s'était demandé pourquoi pendant des semaines. Elle avait du mal à accepter le fait évident qu'elle avait lentement commencé à l'apprécier.

— …Peut-être que c'est le ronronnement.

Il lui lança un autre sourire éclatant.

— Je vais arrêter de ronronner, et tu me diras demain si tu apprécies toujours être près de moi.

Des heures interminables d'introspection… du temps qu'elle avait en abondance ici… ne l'avaient pas aidée à résoudre cette énigme.

— Je pensais que c'était le parfum… quelque chose que tu mets sur ta peau. Tu ne sens pas comme les autres mâles.

Apparemment indifférent, Simin avait haussé les épaules sans changer de position : celle d'un grand prédateur souriant et paresseux.

— Peut-être que tu ne me sens pas comme tu sens les autres hommes.

— C'est ça que j'essaie de dire. Tu ne sens pas l'homme du tout.

Se rendant compte que sa formulation pouvait être mal prise, Morgaine s'empressa d'ajouter :

— Tu vois, les fourrures sous lesquelles Uriel m'a forcée à dormir *empestaient l'homme*. Toi, tu sens comme…

Elle s'interrompit et se mordit la lèvre.

Le sourcil qu'il haussa, son sourire torve, ne semblaient pas apaisés.

— Comme quoi ?

Incapable de résister à la chance de lui envoyer une pique, Morgaine s'anima.

— Comme de la nourriture. Tu sens le gâteau aux épices.

Il fit la grimace, ce qui la fit rire de plus belle.

— C'est une comparaison flatteuse, je te le promets. Du moins, si tu aimes le gâteau aux épices.

— J'ai toujours pensé que tu sentais le soleil, répondit l'Alpha d'une voix veloutée.

Elle piqua un fard et se sentit trop timide pour le regarder.

— J'ai une question à te poser, Morgaine.

— Laquelle ?

— Parle-moi de ta robe. Chaque jour, je vois que tu ajoutes quelque chose de nouveau.

Même si elle ne pouvait se résoudre à croiser son regard en ce moment, elle put sentir son poids. Et elle savait pourquoi il lui avait posé la question aujourd'hui. Au fil des semaines de sa cour, elle avait brodé des détails dans son jupon, utilisé des fils colorés pour embellir le corsage et les manches. Aujourd'hui, quelque chose de spécial ornait la ceinture qui ceignait sa taille.

Simin l'avait remarqué aussitôt, et ses yeux s'étaient éclairés quand il l'avait vue arriver. Mais il avait attendu le bon moment pour en parler.

— Tu portes du vert.

— J'ai préparé la teinture avec les graines que tu m'as fait apporter. Il y en avait assez pour que je puisse offrir un cadeau aux autres Omégas. Mais ceci… je pensais que ça te ferait plaisir, fit-elle en commençant à dénouer la ceinture teintée de la couleur exacte du clan du Heidron.

Tout comme il lui avait offert la fourrure, Morgaine lui tendit le ruban de tissu.

Toujours allongé, l'Alpha le regarda en soupirant.

— Je ne peux pas l'atteindre, kor'yr.

Prudente, elle fit un pas, et son pied atterrit plus près de la ligne dorée qu'elle ne l'avait osé jusque-là. Elle tendit son bras au maximum, mais il ne fit pas mine de s'en emparer.

Simin attendait qu'elle vienne à lui.

— Si je traverse, je ne serai plus en sécurité.

Patient, déterminé, il chercha à lui faire voir les moments qu'ils avaient partagé sous un nouveau jour.

—Tu as toujours été en sécurité avec moi. Je ne te ferais de mal que pour ton propre plaisir. Je t'ai mordue uniquement pour te faire comprendre que j'étais à toi.

À ses paroles, ses bras se couvrirent de chair de poule. Morgaine posa les yeux sur le torse nu du mâle. Plus elle s'approchait, plus l'effet qu'il lui faisait était évident. Ce n'était pas seulement sa manière d'inspirer profondément par le nez, mais ses yeux. Le bleu disparaissait, lentement éclipsé par une pupille noire.

— Je ne suis pas prête…

Quelque chose palpitait entre ses cuisses, et il n'avait pas posé la main sur elle depuis plusieurs semaines. Comme s'il savait, l'homme inspira profondément et ravala un gémissement.

— Tes chaleurs commenceront bientôt…

Se rendant compte qu'elle avait fait un pas inconsciemment, que son pied avait franchi la ligne, Morgaine cilla. Son cœur battait la chamade, et le débit du sang dans ses oreilles était à présent presque aussi fort que le ronronnement du mâle.

— C'est ce qu'elles m'ont dit.

— Que t'ont-elles dit d'autre ? demanda l'Alpha paresseux d'une voix grave et coquine, pour l'attirer plus près.

— Que mes premières chaleurs pourraient être difficiles, répondit-elle sans ciller, en croisant son regard, complètement envoûtée. Mais je ne crains pas la douleur. Je l'ai ressentie de nombreuses fois.

Un autre pas, et la ligne dorée se retrouva derrière elle.

— C'est de toi que j'ai peur.

— Je ne pense pas que tu aies peur de moi du tout.

Il sourit avec tendresse, et son ronronnement se fit plus grave. Quand elle se rapprocha encore, il la taquina :

— Et si tu prenais ma main, tu verrais que je peux être aussi doux qu'un agneau.

Maintenant qu'elle s'était approchée, le grand

mâle allongé tendit lentement le bras, comme pour prendre la ceinture verte. À la place, il fit courir le dos de ses doigts sur son bras. L'Oméga poussa un soupir de contentement et ferma les yeux en fredonnant.

Il osa toucher ses cheveux, entortiller ses pointes entre ses doigts.

— Si tu me laissais t'embrasser, tu verrais que je goûte effectivement le gâteau aux épices – ce que tu adores, j'en suis sûr.

L'odeur de sa cyprine abondante était si riche qu'elle émanait de sous les couches de son jupon.

— Tu m'as amenée ici parce que tu savais que j'étais malheureuse, murmura-t-elle, le souffle court. Tu m'as amenée dans cet endroit où je me sens en sécurité, un endroit d'où tu ne peux pas m'enlever sans ma permission… Et je veux que tu saches que je t'en suis reconnaissante.

Mais il *pouvait* l'emmener sans sa permission, parce qu'elle avait franchi la ligne dorée. Cependant, il se contenta de s'agenouiller à ses pieds et d'effleurer ses cheveux.

— Alors veux-tu bien rentrer avec moi ?

En cet instant, Morgaine était plus que tentée. Elle se lécha les lèvres, comme si elle imaginait lécher le torse qui, quand bien même le mâle était à genoux, était à portée de sa bouche. Quand elle baissa les yeux pour voir le relief évident de son érection sous son pagne, elle gémit. Ce n'était pas un gémissement de peur.

— Je t'en prie, kor'yr, rentre à la maison. Tu n'as pas besoin des chaleurs comme excuse pour que je m'occupe de toi.

Elle ne le pouvait pas encore. Drapant la ceinture verte sur l'épaule du mâle, Morgaine posa sa dernière question de la journée.

— Simin, dis-moi une chose que les Omégas ne m'ont pas encore apprise. Que signifie kor'yr ?

C'était la première fois qu'elle prononçait son prénom. La première fois qu'elle l'avait touché volontairement. La première fois qu'elle avait presque prié qu'il l'emporte et lui ôte tout choix.

À la place, il répondit, les yeux écarquillés et emplis d'amour.

— Ça veut dire âme sœur.

22

Quand un carillon le convoqua au milieu d'une autre nuit sans sommeil, Simin sut que le moment décisif était arrivé. Les chaleurs avaient commencé.

Pendant plus d'un mois, il avait feint un comportement posé devant la femelle dont le corps et l'esprit lui appartenaient déjà. Il avait déployé des efforts pour que leurs interactions soient légères et faciles, afin que Morgaine prenne en assurance.

Durant tout ce temps, il avait imaginé la violence avec laquelle il voulait la baiser à même le sol, juste devant la traductrice et toutes les femmes rassemblées dans la pièce derrière elle pour les espionner. Il lui avait été impossible d'avoir des pensées innocentes. Pas quand elle le regardait comme il l'avait poussée à le regarder.

Pas quand son jupon – et ce qu'elle avait enveloppé autour de ses hanches dessous – ne pouvait lui cacher l'arôme alléchant de sa cyprine fraîche.

Son corps priait pour qu'il la pénètre, qu'il la comble et noue en elle.

Cette dernière semaine, ses pupilles s'étaient dilatées au moindre contact, quand il effleurait ses doigts lorsqu'elle venait courageusement prendre le plateau. Si Etaine avait fait ce qu'il lui avait ordonné, alors la traductrice lui avait également murmuré des suggestions à l'oreille, l'avait guidée pour qu'elle le trouve à son goût.

Dans le cas contraire, sa physiologie avait fait son travail.

Morgaine le désirait. Sa douce kor'yr devait simplement réconcilier son attraction physique et ses hésitations mentales. Chaque rendez-vous était une guerre contre ce qui pouvait aussi bien être considéré comme une virginité scrupuleuse. Plus Simin s'était renseigné au sujet de son peuple, plus il avait compris.

Sa partenaire avait besoin de bien plus qu'être courtisée.

Elle avait besoin d'un conquérant spirituel et d'une présence physique entre ses cuisses. Et, par les pouvoirs célestes, il avait revêtu cette cape avec férocité. Des mots doux, des rires, de la nourriture qu'il avait préparée lui-même et épicée de son foutre.

Il en avait saupoudré son gruau, en avait imprégné discrètement des fruits frais gluants et assaisonné son thé. Plus ses repas étaient agrémentés de cet ingrédient secret, plus elle avait semblé savourer sa cuisine… et plus ses chaleurs s'étaient rapprochées.

Une alimentation quotidienne de son futur partenaire.

Si Etaine avait remarqué l'arôme particulier, elle ne s'en était jamais étonnée. Pas plus qu'il n'avait reçu de réprimande de la part de l'Oméga supérieure. Les femelles avaient offert un sanctuaire à Morgaine mais, en réalité, il était dans leur intérêt de maintenir une alliance avec leur Heidron. Après tout, ses hommes les protégeaient des mâles étrangers, qui ne se seraient pas privés de les asservir et de les violer.

Ses soldats s'accouplaient avec elles quand elles requéraient leurs attentions.

Il leur apportait nourriture et conforts — autorisait même celles qui refusaient de s'apparier à choisir de vivre comme des recluses.

Non, il avait respecté leurs règles et, pour maintenir l'équilibre entre les castes, il attendait que sa partenaire lui soit rendue. Quel qu'en soit le coût.

Le secteur oméga avait bien pris soin d'elle. Il l'avait préparée à se soumettre à lui plus que la jeune femme n'aurait pu le réaliser.

Et uniquement à lui.

Simin voulait la voir à quatre pattes, lui présentant cérémonieusement sa chatte trempée de cyprine, en le priant de percer sa peau avec ses dents. Et elle penserait que tout cela avait été son propre choix.

Il avait reconnu l'importance du choix aux yeux de sa femelle, même si elle n'en avait jamais vraiment eu. Ce n'était pas une guerre que le Heidron était prêt à perdre.

Et, maintenant, on le convoquait pour la rejoindre… une femme en proie à ses premières chaleurs.

Une femme qu'il allait faire attendre.

Simin roula sur le dos dans le nid qu'il partagerait bientôt avec elle et posa les yeux sur sa queue enflée par le rut, d'où perlait depuis des semaines du sperme gâché. Il sourit. À ce moment-là, une grosse goutte apparut au niveau de la fente de son gland. Elle grossit à chaque battement de son cœur. Il regarda la perle enfler et, en attendant qu'elle coule le long de son membre palpitant, il imagina la langue veloutée d'une femme léchant son offrande.

La première éjaculation jaillit sans la moindre stimulation, et une averse parfumée éclaboussa ses abdominaux contractés.

De la main, il étala les gouttes blanchâtres sur chaque partie de sa chair qui se retrouverait à hauteur de son nez.

Avant de poser le pied dans le secteur oméga, il serait imprégné de tentation. Il lui serait impossible de le refuser.

Il serra le nœud négligé qui pulsait à la base de son membre, puis branla doucement sa chair enfiévrée de manière à imiter des ébats lents. Quand il baissa la main, une autre éjaculation vint recouvrir les muscles durs de son torse.

Tout avait été préparé. Sa chambre nettoyée, ses draps de lits lavés pour qu'elle y niche. Elle n'avait encore jamais fait de nid, et le rapport d'Etaine sur ce fait particulier laissait Simin sans la moindre idée des préférences de sa kor'yr. Alors il avait rassemblé tout ce qu'une Oméga prête à nicher aurait pu vouloir pour son plaisir. Quantité de nourriture avait été préparée et stockée pour le fortifier pendant la béatitude tant attendue. Il serait puissant pour elle.

De son côté, Morgaine se contenterait de sa queue et d'avaler son sperme teinté de cyprine à la grosse louche, l'une après l'autre. Elle serait ivre de lui, le supplierait de boucher sa douce chatte avec son nœud. Elle hurlerait pour obtenir les sécrétions, les caresses et les attentions de son Alpha.

Il savait que faire pour la combler et la rendre

heureuse. Au fil des ans, Simin avait couché avec de nombreuses Omégas pendant leurs chaleurs. Il y avait même une chance que leur traductrice réservée ait goûté sa queue – pas qu'il se souvienne d'une seule d'entre elles quand c'était terminé. Parce qu'aucune n'avait été *elle*.

Et Morgaine serait dans leur nid, saturée de l'intérieur et de l'extérieur par les sécrétions de son partenaire.

Simin taquina la base de sa queue, sous le nœud insatisfaisant, pour en extraire une salve, puis une autre, et encore une autre. Il vida ses bourses jusqu'à ce qu'il ne reste plus une seule goutte à l'intérieur.

Jusqu'à ce que sa chair soit à vif et douloureuse.

Après tout, il était équitable qu'il souffre autant qu'elle.

Alors il la fit attendre.

Une heure passa. Deux.

Il avala une grande quantité d'eau et de nourriture fade, pour donner à son corps les nutriments dont il aurait besoin pour la nourrir.

Le carillon sonna à nouveau, et il s'abandonna au besoin écrasant de la rejoindre.

Mais d'abord…

Comme il bandait toujours, il n'eut pas besoin de stimuler la queue enflammée qui rebondissait entre ses cuisses. Affamé de sa kor'yr, il lui suffit d'imaginer leur vie, les moments de bonheur qu'ils partageraient, pour exploser à nouveau. Il draina son nœud sous sa poigne de fer, vola jusqu'à la dernière goutte de semence crémeuse produite par ses bourses, peignit son corps avec, et en étala même un peu sur ses lèvres. S'il pouvait lui arracher un baiser, l'affaire serait dans le sac.

Elle se soumettrait à lui en suppliant.

Comme elle était censée le faire…

CE N'ÉTAIT PAS du tout comme la douleur qui l'avait rongée quand elle vivait encore dans son village. Oui, des crampes l'élançaient au point de lui couper le souffle et de la mettre en nage, mais c'était moins la douleur qui la dérangeait que le fait qu'elles la tiraillaient. Entre ses cuisses, une mare de besoin s'était formée.

Vide, elle se sentait si vide !

Confinée dans sa cabine, elle fit les cent pas, réarrangea la fourrure sur son lit, la déplaça à nouveau. Encore et encore, tout en sentant que rien ne suffirait.

Où était la fosse remplie de tissus doux qui auraient pu être agencés pour apaiser ses démangeaisons ? Où était l'homme qui aurait ronronné et soulagé la tension qui ne cessait de faire claquer ses dents ?

C'était comme si elle pouvait déjà sentir le gâteau épicé sur sa langue.

Le simple fait de le voir et d'entendre sa voix pourrait la rafraîchir et calmer le manque qui la consumait. Mais on lui répéta en boucle qu'il ne pouvait pas venir.

Pourquoi ?

Elle sanglota face à cette injustice, sans savoir si c'était la fièvre qui la brûlait ou des glaçons qui circulaient dans ses veines. Morgaine supplia Etaine de soulager son *malaise*.

— Il n'y a pas de cure pour ceci. Ton corps fera comme ça lui chante, expliqua la femme, fatiguée d'avoir été réveillée au beau milieu de la nuit. Soit tu attends que les chaleurs passent, soit tu demandes à un Alpha de les briser pour toi.

Morgaine s'arracha les cheveux, tentée à présent de renverser la tête en arrière et de hurler sa frustration.

— Le seul Alpha que je connais sur ce vaisseau refuse de venir me voir !

— Notre Heidron commande cette flotte. Il se pourrait qu'il ne s'agisse pas d'un refus, mais qu'il soit occupé à ses responsabilités.

En voyant Morgaine ramasser la fourrure et la serrer contre sa poitrine, la traductrice reprit :

— Il ne courtise aucune autre Oméga. Tu n'as pas à craindre qu'une rivale réchauffe son nid. Il viendra.

Rivale ?

La pensée que Simin puisse parler à une autre femelle comme il lui parlait, qu'il puisse lui apporter de la nourriture et lui dire des mots doux, eut un effet étrange sur elle. D'abord de la rage, puis une crampe dévastatrice. De la cyprine gluante gicla de son vagin et éclaboussa le sol.

Trop absorbée par le bouillonnement pour être gênée, Morgaine foudroya la mare du regard.

Ses cuisses glissaient l'une contre l'autre, et elle succomba au besoin d'apposer un genre de pression. Elle appuya son poing contre son pubis pour essayer d'endiguer le flot de sécrétions avec sa robe de nuit, avant qu'elles finissent gaspillées sur le sol.

— Je dois juste entendre son ronronnement, dit-elle, voulant voir son ami.

— Ce n'est pas ce dont tu as besoin, Morgaine, expliqua Etaine en détournant les yeux. Tu as presque atteint la transition. Bientôt, tout ce qu'il te faudra, c'est une stimulation sexuelle. Souviens-toi de ce dont nous avons parlé. Les Omégas qui refusent de s'accoupler pendant leurs chaleurs doivent soulager leurs besoins manuellement.

On lui avait fourni un... outil... immense, en forme d'organe masculin. Il était caché sous son lit, là où elle l'avait fourré le jour où l'Oméga supérieure le lui avait apporté. Il resterait froid et inerte.

Un faux organe, qui ne pulserait pas, qui ne la remplirait pas de sécrétions parfumées. Pas comme quand Simin l'avait allongée sur ses fourrures et ses soies.

Quand son estomac gronda, Morgaine se mit à sucer ses doigts.

Faim.

Il lui apportait *toujours* à manger. Simin ne l'oublierait pas, n'est-ce pas ? Il viendrait la voir avec une offrande, et elle avait déjà l'eau à la bouche en imaginant l'explosion de saveurs sur sa langue.

Un carillon sonna, ce qui la tira de ses souvenirs sensuels et la rendit nerveuse.

— Qu'est-ce que c'est ?

— Ton kor'yr est arrivé, soupira Etaine, son soulagement palpable.

Il ne lui vint pas à l'esprit d'enfiler un peignoir sur sa nuisette, de couvrir ses pieds nus ou de reconnaître que son jupon était saturé de sécrétions. Morgaine fuit sa chambre et piétina le couloir jusqu'au vestibule d'entrée pour découvrir qu'il était *enfin* arrivé.

Mais elle ne vit aucune trace d'un plateau pour apaiser sa faim, de thé pour étancher sa soif. Au bord des larmes, elle s'interrompit dans son élan et le regarda, les yeux écarquillés.

Simin était tout habillé.

Vexée que son torse si divin soit caché à sa vue, Morgaine refusa de le regarder.

Essoufflée après son sprint, Etaine arriva à sa suite juste à temps pour traduire le salut de Simin.

— Il est tard, kor'yr. Les Omégas m'ont appelé pour venir te voir. As-tu besoin de moi ?

La gravité de sa voix s'immisça en elle, et elle fit la grimace. Une crampe différente des autres lui coupa le souffle et la fit tituber. Elle s'était trompée ! Au lieu de la réconforter, sa présence ne faisait qu'accroître la douleur.

Douleur qui était à présent *insupportable*.

— Je pensais que te voir m'aiderait, mais… Aïe !

Une crampe puissante lui coupa le souffle.

— Tu ne ronronnes pas ! s'écria-t-elle.

Entendant ses récriminations, il lui donna exactement ce qu'elle demandait. Simin lui offrit un ronronnement vif et retentissant, différent de tout ce qu'elle avait entendu jusque-là. Il le laissa s'immiscer entre ses mots et parfumer l'air.

— Tout ce que tu désires… je te le donnerai.

Elle tomba à genoux en sentant toute force l'abandonner. Des larmes de frustration coulèrent sur ses joues rouges, et elle osa lui jeter un autre regard.

— J'ai faim, mais tu ne m'as rien apporté à manger.

Un doux sourire aux lèvres, Simin toucha la ligne du bout du pied, aussi proche d'elle qu'il pouvait l'être.

— Si tu mangeais maintenant, tu serais malade, mon amour.

— J'ai mal…, se plaignit-elle en fixant du regard l'endroit où son pantalon était tendu, où le tissu s'humidifiait, une promesse d'apaiser toute souffrance.

— Tu es sur le point d'entrer en chaleur. À ce stade, les femelles cherchent à s'isoler pour préparer leur nid. La présence du mâle est… nécessaire plus tard.

La bosse dans son pantalon palpita, et Morgaine aurait pu jurer que le tissu collant se tendit quand il ajouta :

— Devrais-je y aller ?

— NON ! hurla-t-elle, pas un ordre, mais une supplique. Ronronne, OK ? S'il te plaît, ronronne jusqu'à ce que ça s'arrête.

Ses cheveux noirs tombèrent vers l'avant quand il s'accroupit pour croiser son regard, et Simin secoua la tête.

— Il ne serait pas sage pour moi de rester ici si tu as choisi de traverser cette épreuve seule. Bientôt, tu atteindras un point où les chaleurs te voleront ton pouvoir de décision. Tu dois te décider, ma belle Morgaine.

Les narines dilatées, l'Oméga commença à renifler dans sa direction et à ramper au sol pour s'approcher de lui. L'écume aux lèvres, elle passa le nez sur son genou couvert et approcha son visage de la tache humide au niveau de son entrejambe. Elle geignit, presque incapable de former des mots, puis bredouilla :

— Aide-moi.

— Morgaine !

Surprise, elle sentit l'Alpha en rut tirer ses cheveux, la forcer à éloigner la tête.

Les yeux du Heidron Simin Gralloch étaient enflammés, sa bouche pincée, quand il siffla :

— Je veux que tu te donnes à moi parce que tu me fais confiance. Je veux que Morgaine me choisisse, et non ses chaleurs.

Sans réfléchir, elle se cambra à son toucher, sans prêter la moindre attention à la douleur lointaine sur son cuir chevelu.

Je ne te ferais de mal que pour ton propre plaisir.

Elle posa les dents sur son poignet.

Je t'ai mordue uniquement pour te faire comprendre que j'étais à toi.

En un clin d'œil, le monde sembla renaître.

La traductrice, groggy et à moitié habillée, tenait

son poste comme toujours. Ce fut à elle que Simin s'adressa.

— Ses pupilles sont dilatées.

Morgaine ne comprenait pas comment défaire les attaches de ses vêtements inhabituels. Ses petits doigts trituraient maladroitement ses couches pour en libérer l'organe palpitant à l'intérieur.

— Vous devez l'éloigner de moi. Je ne peux pas faire ça ! Je refuse de la baiser sans son accord.

Etaine ne lui répondit pas. Aussi immobile qu'une statue, elle regarda le couple lutter intérieurement.

La braguette s'ouvrit, et un gazouillement ravi franchit ses lèvres charnues. Morgaine sourit en refermant la main sur le membre chaud qui pourrait la *nourrir*.

— J'ai eu tort, Morgaine. Je n'aurais pas dû te faire attendre ! Je te veux plus que tout, plus que n'importe quel royaume ou vaisseau, mais la victoire est trop facile comme ça.

Tourmenté, Simin trembla sous l'effort de la retenir. Il avait peine à respirer, conquis par une minuscule femelle.

— Tes premières chaleurs sont spéciales. Il ne faut pas les gâcher. Si tu n'es pas réellement prête, je peux attendre les prochaines. D'ici là, tu comprendras ce que j'essaie de te dire.

Il refusait de la laisser le goûter avec sa bouche,

alors Morgaine tendit les mains. Elle étala l'offrande gluante qui brillait sur son gland, puis porta ses doigts à ses lèvres et les suça bruyamment.

— Tu veux que je souffre ? minauda-t-elle. Je suis vide ; il n'y a pas de nid ici pour moi. Emmène-moi dans le tiens. Remplis-moi… fais-moi mal pour mon plaisir, comme tu l'as promis.

— Je ne veux pas te faire de mal. Je veux t'aimer.

Morgaine était prête à faire sa propre conquête. Le mâle tremblant avait eu beau conquérir des planètes, il avait beau être un guerrier de haut rang, cette Oméga le détruisait petit à petit.

— Je sais que tu m'aimes.

En l'entendant dire ça, Simin éjacula. Des gouttes de tentation parfumées atterrirent sur son visage, qu'elle recueillit avidement entre ses doigts.

— Si je t'emmène dans notre chambre, tu ne la quitteras pas sans être liée à moi. Tu seras mienne sous tous rapports, pour toujours.

Désir, envie, faim… Elle était toutes ces choses. La succube tentatrice et sournoise incarnée darda sa petite langue rose pour récupérer les sécrétions au coin de sa bouche.

— Tu me mordras ? susurra-t-elle.

— Oh Dieux !

Le rugissement qu'il poussa en l'attrapant pour plaquer la bouche sur la sienne ! L'instinct soufflait à Morgaine qu'il l'emmènerait loin de cet endroit ouvert pour la cacher dans son nid. Il serait empli de son délicieux parfum ; là, il veillerait sur elle.

Là, il pourrait la baiser jusqu'à plus soif, dans toutes les positions nécessaires, pendant toute la durée de ses chaleurs, afin qu'elle n'éprouve plus jamais cette douleur.

Etaine ne fit rien pour arrêter son prince quand il vola l'étrangère sauvage de leur enclave. Il se précipita à travers les couloirs de son vaisseau de guerre, sa femelle serrée dans un bras, l'autre tendu pour arrêter tout mâle assez stupide pour lui bloquer le chemin.

Une fois de retour dans ses quartiers qu'elle n'avait pas vus depuis des semaines, la porte fut verrouillée, repoussant tous les Alphas qui auraient pu la poursuivre. Elle ne pourrait plus changer d'avis. Il le lui expliqua en déchirant sa nuisette. Il le lui décrivit en la forçant à genoux pour pouvoir lui donner son gland épais.

Une béatitude liquide éclaboussa sa langue. Il avait attendu assez longtemps, été patient, et il ferait payer sa chair pour ses frustrations.

Oui, il lui ferait du mal.

Cette déclaration lui soutira une vague de cyprine, qui dégoulina le long de ses cuisses.

Il jeta sa kor'yr dans le nid défait tout en arrachant ses vêtements. Puis il se laissa tomber sur son corps étalé et écarta ses jambes d'un coup de cuisse brutal. Morgaine siffla quand il lui fit mal, mais ses gémissements furent réduits au silence par un seul grognement, qui poussa sa chatte à produire une rivière de sécrétions.

Il s'en nourrirait ensuite, lui jura-t-il, quand elle aurait enduré la force du partenaire qu'elle avait si longtemps rejeté. Sans le moindre baiser ni la moindre caresse, Simin s'enfonça dans sa cyprine copieuse et la pénétra d'un seul coup de reins violent.

Leurs corps se percutèrent, et l'Oméga en chaleur poussa un cri de pitié.

La pompant avec une ferveur qui la repoussa de l'autre côté du nid, Simin se retira, la ramena brutalement vers lui et abusa sa chatte comme un bon Alpha.

Sans Etaine, leurs mots n'étaient que du charabia. Si elle lui demanda d'arrêter, il ne le saurait jamais. Si elle en voulait plus, elle n'avait aucun moyen de le lui faire savoir.

Tout était une question de confiance.

Durant leur premier accouplement, il n'aurait pu être assez brutal pour elle. Il eut beau la violenter, sa queue ne parvint pas à apaiser sa douleur. Même immense et pleine de foutre, elle ne lui suffit pas.

Alors elle enfonça ses ongles dans sa chair et hurla.

Elle ne fut soulagée que quand le nœud de chair se dilata là où elle avait si mal. Il grandit en elle, puis de sa queue jaillirent des salves de lave bouillante qui la brûlèrent magnifiquement et clapotèrent derrière le bouchon de chair.

Ses orteils se recroquevillèrent quand la masse palpitante toucha une zone érogène, ce qui mua ses cris désarticulés en mélopée. En sanglotant, elle planta ses talons dans ses cuisses et essaya de s'éloigner de tant de sensations. Mais Simin ne la laissa pas faire.

Il la plaqua sous son poids et se déhancha jusqu'à ce que les tessons de verre qui circulaient dans ses veines explosent. La douleur détonante se mua en plaisir parfait.

Quand l'extase emporta avec lui une partie de sa folie, quand le mâle qui nouait en elle continua à se vider, Morgaine perdit la bataille.

Domptée, elle cligna des yeux, comme si elle réalisait enfin où elle se trouvait. Le visage en sueur du mâle qui se déhanchait toujours en elle planait au-dessus du sien, ses lèvres retroussées.

Il était perdu dans son rut, aveugle à tout en dehors de son besoin de s'accoupler et de la dompter. Contre ses fesses, elle sentit ses bourses se contracter, puis une énième salve de sperme soyeux inonda son corps et apaisa sa douleur.

C'en fut presque trop. Avant de retomber dans

cette folie bestiale décérébrée, Morgaine posa la main sur sa joue et lui parla.

IGNORANT TOUT le charabia qui franchissait ses lèvres, Simin la ravagea. Un Alpha moins expérimenté que lui aurait pu ne pas savoir que l'on pouvait toujours baiser pendant qu'un nœud liait deux partenaires. Il n'y avait pas besoin de rester immobile et d'attendre, de laisser la nature dicter quand et comment il éjaculait.

Le premier nœud fut épique, mais sa queue en manque était toujours en érection et pressée de s'enfouir entre les parois qui la comprimaient comme un étau. Quand Morgaine refusa de se taire, il l'attrapa par les cheveux, repoussa ses genoux vers ses oreilles et la replia pour que son pubis soit parfaitement incliné pour ses besoins.

— Tu as demandé à venir ici. Tu t'es soumise !

Il enfonça son sexe aussi loin que sa chair et ses os le lui permettaient, ravala ses cris et frotta son pubis contre son clitoris.

Une autre vague de jouissance se massa à la base de sa colonne vertébrale ; ses bourses se contractèrent, puis son foutre explosa dans son Oméga sauvage.

Sous lui se trouvait la perfection incarnée : une

Oméga en chaleur, extatique, qui vidait sa queue de la moindre goutte qu'elle pouvait avaler.

Des mains délicates caressaient sa joue, et la femelle ronronnait, bourdonnait et fredonnait entre des mots qui lui étaient presque familiers. Qu'elle parle ; elle n'aurait rien pu dire à ce stade pour changer quoi que ce soit.

— Je te fais confiance.

Simin n'avait jamais entendu ces mots nierrans mis bout à bout, mais il les connaissait, car il les avait étudiés, et qu'ils en avaient ri.

Il jouit dans un râle, les lèvres retroussées.

— Tu ne me feras pas de mal.

Qu'elle le croie si elle le voulait. Lorsqu'il aurait propulsé cette belle femelle au firmament de la béatitude, il percerait un trou dans son âme et les lierait. Elle ne pourrait plus jamais se cacher de son pouvoir, de son influence, de son désir.

Il la possèderait.

Tout comme elle le possèderait.

— Tu m'aimes.

Et, par les pouvoirs célestes, il l'aimait effective-ment ! Cette sauvage à l'odeur douce, qui supportait sa punition, était la *raison* pour laquelle il respirait. Simin planait rien qu'en sentant son parfum. Il déhancha leurs corps et la plaqua contre les oreillers détrempés.

— N'en doute jamais, kor'yr. Je t'aime

jusqu'aux racines de notre âme partagée, siffla-t-il en regardant les pupilles noires qui brillaient d'amour, comme si elle comprenait ses mots.

Cette fois, elle ne sentait pas la peur, et sa voix ne trembla pas d'indécision.

— Encore, dit-elle, formulant sa première demande dans sa langue.

Volontiers.

Il la baiserait volontiers jusqu'à la fin des temps.

23

À ses yeux, sa kor'yr était parfaite dans ses chaleurs. En deux jours, Simin avait appris à sa partenaire comment le supplier dans sa langue pour qu'il lui fasse des cochonneries et avait récompensé sa détraquée sexuelle insatiable par de longs coups de langue sur sa chatte dégoulinante – avec ou sans son adhésion.

Son corps avait soif de sa semence : il en noyait son utérus, en imprégnait sa peau et en déversait dans sa gorge quand elle avait la voix rauque à force de crier son nom. Mais ce dont son esprit mourait d'envie, c'était d'intimité ; il lui en donnait lors d'heures d'attention délicate sur la chair gonflée de besoin.

Elle n'en voulait pas toujours, mais c'était la

seule manière d'amadouer sa petite sauvage pour qu'elle se repose.

Ses jambes écartées, sa jolie chatte rose dégoulinante de leur plaisir mutuel, Simin la dévora et la gâta. Et, pendant que sa langue experte s'occupait de son clitoris, il frotta les restes encore humides de son sperme sur la peau de ses hanches, qui la feraient souffrir quand les antidouleurs sécrétés pendant ses chaleurs se dissiperaient.

Elle était meurtrie. Amincie après deux jours sans rien d'autre dans le ventre que son foutre saturé de sa cyprine. Quand ses chaleurs se briseraient enfin, sa Morgaine aurait besoin de jours de soins tendres et du ronronnement aimant d'un partenaire qui sacrifierait sa vie pour elle.

C'était la première fois qu'il ressentait le besoin de s'occuper d'une femelle une fois l'extase sexuelle passée. Il avait renvoyé toutes les autres au secteur oméga pour que leurs semblables s'en occupent.

Certaines l'avaient supplié pour qu'il leur donne plus, anéanties qu'il n'ait pas été tenté de les revendiquer dans le feu de l'action. Comment aurait-il pu ? Simin savait que sa kor'yr l'attendait.

Et elle était là, en train de se cambrer sous lui, de prendre sa queue comme une déesse.

Comme il l'aimait !

L'apogée du rut et des chaleurs pointait à l'horizon, le moment où il apposerait ses dents sur sa chair et la mordrait, pour davantage qu'un plaisir douloureux. Déjà, il sentait son âme se détacher de son corps, comme pour tendre la main et effleurer son autre moitié.

Il voulait que ses premières chaleurs, celles qui la lieraient à lui, soient parfaites.

Mais choisir *où* la mordre…

Quand une Oméga était appariée de force, la marque se trouvait souvent sur l'épaule. C'était un endroit facile à atteindre quand un mâle nouait et immobilisait une femelle qui se débattait. Le bras était considéré comme disgracieux, choisi par les Alphas négligents, qui désespéraient de sceller le lien avec une Oméga rebelle, qui n'était pas complètement soumise. Simin voulait autre chose pour Morgaine.

Il voulait que sa cicatrice se situe à un endroit dont elle serait fière.

S'emparant de ses fesses d'une main, il roula sur le dos et positionna la femme bourrée par sa queue dans une position qu'ils n'avaient pas encore essayée.

Les pupilles dilatées, l'Oméga cligna des yeux en le voyant en-dessous d'elle et fronça les sourcils. Les mains plantées sur ses abdos, elle semblait mécontente de ce changement de circonstances, jusqu'à ce qu'elle glisse vers l'avant et que la queue du mâle frôle un endroit qui n'était accessible qu'à cet angle.

En poussant un grognement animal, elle rejeta ses mèches dorées et emmêlées en arrière et le chevaucha avec abandon.

Ses seins en l'air, ses tétons aussi durs que des diamants… Simin ne se lasserait jamais de ce tableau.

Des yeux aux paupières alourdies croisèrent les siens.

Un sourire lascif aux lèvres, il fit courir ses doigts entre ses seins et ronronna.

— J'aurais tout fait pour t'avoir comme ça. J'aurais tué tout le monde, renoncé à mon titre…

Un bruit satisfait émana de la fille, qui n'aurait pu comprendre ce qu'il disait.

— Je sais que je suis plus vieux, que je n'ai ni la beauté de mes frères ni la vertu d'un homme digne de toi. Ça n'a aucune importance. Dans quelques instants, je récupérerai la moitié manquante de mon esprit et je te donnerai ce que je porte en moi depuis la naissance. Tu auras mon cœur. J'aurai ton âme.

La palpitation d'un orgasme fourmilla à la base de sa colonne vertébrale, ce qui le fit ruer et manquer de déloger son trophée. Morgaine ne voulait pas être rejetée, et sa chatte se contracta autour de son membre pulsant, agrippant ce qui lui revenait. La petite Oméga frotta son clitoris contre le pouce qu'il offrit pour la soulager.

Son odeur le faisait planer. La chaleur de sa cyprine alléchante qui dégoulinait sur son bassin, qui recouvrait ses bourses d'un manteau brillant, était délicieuse. La sensation de sa peau sous ses paumes était si naturelle.

En voyant la femelle devenir plus excitée, sa peau rougir sous la croûte de sperme, il sentit un élancement puissant dans son esprit tourmenté. L'heure était venue. Le nœud de Simin se dilata pour la piéger avant qu'elle soit prête, parce qu'une Oméga ne pouvait pas être revendiquée si elle n'était pas maîtrisée.

Il voulait qu'elle se débatte rageusement quand il apposerait ses dents sur sa poitrine. Elle allait devoir se battre pour sceller leur lien.

Il la fit rebondir de haut en bas sur son nœud bourgeonnant, propulsant la femme au-delà du plaisir, dans un territoire dangereux de délire, et la pulsion s'empara de lui. Il s'assit, la femelle sur son bassin. Il passa les bras dans son dos et l'attrapa par ses longs cheveux, pour tirer sa tête en arrière et arquer ses seins rebondis vers sa bouche. Puis il posa les dents à l'intérieur de son sein gauche, juste au-dessus de son cœur battant.

Ses mâchoires se refermèrent, et il la poussa à la jouissance juste assez longtemps pour la distraire, pour qu'elle remarque la douleur quand il serait trop tard.

Elle le frappa et lui griffa le dos. Et ainsi commença la palpitation naissante d'un lien.

Le sang ruissela sur sa peau couverte de sueur et bouillonna aux commissures de ses lèvres quand Simin refusa de la lâcher au premier cri. La formation d'une union permanente était un art, que les Alphas devaient apprendre. Voler l'âme de sa bien-aimée et la remplacer par la sienne était un droit imprescriptible.

Le lien s'éveilla en bourdonnant.

Quand bien même elle hurlait de douleur, sa chatte ne cessait de comprimer son nœud. Elle pompait sa semence directement dans ses bourses et le pressait de lui en offrir plus. Et ce nœud — ce moment glorieux qui les lierait à jamais —, il s'assurerait qu'il dure le restant de la nuit.

Quand elle se réveillerait, elle serait endolorie. Mais, comme il le lui avait juré, il ne l'avait blessée que pour *son* plaisir. Les larmes inévitables, il les apaiserait d'une caresse et d'un ronronnement délicat. Il lui ferait avaler sa queue pour qu'elle n'ait pas faim. Il lècherait sa douce chatte jusqu'à ce qu'elle se souvienne qu'elle pouvait lui faire confiance.

Et puis, lorsqu'il briserait ses chaleurs, il lui annoncerait que sa mère était à bord.

Son premier cadeau à sa partenaire liée.

Parce qu'il savait ce que Morgaine désirait le plus au monde et ne lui refuserait rien.

ÉPILOGUE

Elle pouvait sentir un murmure, comme un fredonnement constant qui résonnait dans son cœur, sans faire de bruit.

Alors comment pouvait-il être aussi retentissant ?

Le murmure l'enveloppait dans sa chaleur, apaisait ses muscles endoloris et sa chair épuisée, lui promettait que tout serait exactement comme il le devait. Pour la première fois depuis qu'elle avait été arrachée à son village, Morgaine se sentait en sécurité.

Aimée.

Et complètement assoiffée.

— Bois.

Une tasse fut portée à ses lèvres, et l'eau fraîche

dégoulina dans sa bouche jusqu'à ce qu'elle avale et soupire.

Un ronronnement viril vibra jusqu'en elle, en harmonie avec ce fredonnement bizarre. Elle entrouvrit un œil et vit que Simin la berçait contre son épaule. Une barbe de plusieurs jours ombrait sa mâchoire. Il semblait vidé, mais ses yeux étaient animés par le plaisir.

Il ramena la tasse vers sa bouche et, son accent bourru durcissant sa langue nierranne plus musicale, dit :

— Bois encore.

Elle l'aida à lever la tasse, l'inclina et avala tout ce qu'il lui offrait. Un vague souvenir d'avoir avalé des quantités d'autre chose taquina ses pensées. Soudain timide, consciente qu'elle était nue sous les innombrables couvertures douces et oreillers attrayants, Morgaine se souvint.

Elle était dans son nid. Elle l'avait construit pendant qu'il la comblait avec ses mains, sa bouche… et sa queue.

Elle connaissait à présent trois mots différents pour cet organe en omari.

Elle inspira profondément et posa la main sur son cœur. L'élancement douloureux, soudain, qui suivit la fit pousser un cri et baisser les yeux.

Boursouflés, laids, les deux croissants d'une morsure animale marquaient sa poitrine.

— Joli, lui assura le mâle quand elle paniqua en voyant la plaie suppurante.

Mais c'était plus que sa déclaration ; quelque chose palpita et remua dans son cœur. Cette chose aussi disait *joli* sans prononcer un seul mot.

Cette sensation étrange, presque étouffante de complétude était l'appariement promis. Un lien forgé entre eux, qui ne pouvait pas être brisé.

De nombreuses Omégas qui fréquentaient leur secteur sacré en journée lui avaient parlé de ce phénomène. La plupart s'éternisaient, les yeux rêveurs, pendant qu'Etaine traduisait. Elles adoraient leur lien avec leur partenaire, leur proximité et la promesse de sécurité.

Mais quelques-unes avaient été sur la réserve. Quelques-unes avaient été forcées.

L'une d'entre elles avait carrément refusé de se lever et d'accueillir son partenaire quand il était venu la chercher. Contrairement à elle, elle avait refusé de s'approcher de la ligne dorée. Morgaine n'avait pas été autorisée à lui poser de questions, et la femme ne s'était jamais approchée, ne fût-ce que pour la saluer.

Puis il y avait ces Omégas qui avaient choisi de rejeter une telle chose, de couper leurs cheveux courts et d'exister en tant que *simples femelles*. Des femmes comme Etaine.

La connexion dans sa poitrine émit un bruit de

ferraille quand ses pensées se firent hésitantes, s'entortillant autour de sa réticence déclinante et l'enveloppant de sensations d'émerveillement. Puis Simin déposa un tendre baiser sur sa bouche.

L'homme, *son partenaire*, la repoussa dans le nid et rampa sur elle en grommelant des mots qu'elle ne comprenait pas entre deux baisers, et des mots qu'elle comprenait.

Amour. Mienne. Soin. Belle. Éternel.

Où que sa peau fourmille, il savait où la frotter. La morsure qui la mettait mal à l'aise, il la nettoya avec un tissu doux. Un onguent à l'odeur aigre fut étalé délicatement sur chaque contusion, puis scandaleusement enfoncé dans sa fente par un Alpha au sourire malicieux, qui la doigta jusqu'à ce qu'elle jouisse dans un cri. Et, grâce à ses attentions délicates, ses douleurs se dissipèrent lentement.

Un long bain suivit, pendant lequel il rinça tout cet onguent gluant, nettoya ses mèches jusqu'à ce que ses cheveux dorés soient de nouveau lisses et soyeux, et la laissa faire la sieste contre son torse tout en massant sa colonne vertébrale avec ses doigts de fée.

Lorsqu'elle fut lavée et vêtue d'une robe de chambre enveloppante, qu'affectionnaient les femmes à bord de ce vaisseau, il lui tendit du tissu et un nécessaire à coudre.

— Fais robe, lança-t-il avec un sourire sincère.

Simin lui offrit de la nourriture chaude, cuite et épicée. De la nourriture qu'il n'avait pas préparée, mais qui attendait dans la salle à manger de ses quartiers. De la nourriture si familière qu'elle l'avala avec le pire mélange de cœur brisé et d'envie pour ce qui ne pouvait être vrai.

C'était une recette de sa mère.

Qui se trouvait loin d'ici, en possession d'hommes comme Esin, Uriel et le commandant. Des hommes qui lui avaient fait du mal et n'hésiteraient pas à recommencer.

— Kor'yr ?

Ses yeux bleus, emplis de larmes, se levèrent du ragoût parfaitement cuisiné, pour voir son partenaire empli d'inquiétude. En réalité, il semblait malade.

En posant sa main sur son cœur, comme pour apaiser ce tiraillement incessant, il dit son nom, se leva et l'aida doucement à descendre de sa chaise. Sans Etaine pour traduire, elle ne put comprendre la plus grande partie de ce qu'il murmura contre ses cheveux. Mais c'était le ton qui comptait.

Il semblait désolé.

Elle secoua la tête en essayant de lui faire comprendre qu'elle ne lui en voulait pas. Elle fit de son mieux pour ravaler ses larmes.

Sa vie allait être ainsi, à présent, et il avait été plus doux envers elle que tout autre mâle. Il l'aimait. Elle pouvait le sentir clairement quand le lien

se réchauffa et enveloppa son chagrin. Elle en tire-
rait le meilleur parti.

Des pouces épais chassèrent ses larmes, et
l'Alpha roucoula jusqu'à ce qu'elle lui offre un petit
sourire. Mais, lorsqu'elle voulut reprendre sa place
et manger sans faire de manières, il l'entraîna dans
une autre direction. Ils sortirent de la salle à manger,
et il la guida vers la pièce avant, jusqu'à arriver à la
porte.

Elle crut qu'il la ramenait voir les Omégas parce
qu'elle était triste. Alors, elle ne remarqua pas qui
l'attendait là.

— Morgaine ?

Impossible !

— Maman ?

La femme qu'elle aimait de tout son cœur l'en-
laça dans une étreinte d'ours.

Morgaine recula pour s'assurer qu'elle ne rêvait
pas, les larmes aux yeux et le cœur grand ouvert.

— Comment se fait-il que tu sois ici ?

Excitée, sa mère lui décocha un sourire empli de
la joie qu'elle ressentait d'être réunie avec son
enfant volé.

— Pendant des jours, le ciel a brûlé, et des
immenses débris de vaisseaux nous sont tombés
dessus. Juste quand je pensais que les choses n'auraient pas pu être pires, des barbares ont envahi la
colonie. Ils ont rassemblé tout le monde quand les

Alphas sont arrivés. Tout le village a été évacué entre les tirs croisés. Nos champs ont brûlé... Les bêtes ont été abandonnées à leur sort. Pendant que j'étais embarquée sur un vaisseau, une femme appelée Etaine nous a interrogés. Une *femme soldat*, si tu parviens à le croire ! Quand je lui ai dit mon nom, j'ai été séparée des autres et amenée ici. On m'a dit que je deviendrais l'esclave d'une princesse, termina Elizabeta en caressant les joues de sa fille, comme si elle n'arrivait pas à en croire ses yeux.

— Esclave ? s'offusqua Morgaine en sentant son sang se figer.

— On m'a dit que j'allais cuisiner pour elle et lui tenir compagnie. Et voilà que je te retrouve !

Elizabeta la serra en pleurant, puis embrassa la joue de sa fille.

Simin observa l'échange, les bras croisés sur son torse. Quand sa partenaire se tourna vers lui pour le jauger, il hocha la tête et dit, dans sa langue :

— Cadeau.

— Et mon peuple ? demanda Morgaine. Pourquoi tous les prendre ?

C'était comme s'il avait anticipé son froncement de sourcil et sa moue. Simin s'approcha et déposa un baiser sur son front.

— Etaine, expliquez, dit-il à la femme plus âgée.

— La femme soldat ? répondit sa mère en secouant la tête. Etaine a été prise par les Alphas, ceux en armure. Elle n'a pas pu quitter notre planète.

**Merci d'avoir lu *LA LIGNE DORÉE* !
Qu'arrivera-t-il à Etaine ? Vous le saurez lors de
la parution du prochain roman indépendant de
cette série ! Vous en voulez plus ? Souscrivez à
ma lettre de diffusion !**

https://addisoncain.com/a/2n

ADDISON CAIN

Auteure de best-sellers figurant sur la liste de USA TODAY et sur celle des 25 auteurs les plus vendus sur Amazon, Addison Cain vous offre des romans d'amour noir et de suspense paranormal torrides, qui vous couperont le souffle. Anti-héros obsédés, héroïnes farouches, amour impossible et déchirant, et un soupçon de violence dans un baiser.

Visitez son site web: addisoncain.com

BB bookbub.com/authors/addison-cain
g goodreads.com/AddisonCain
f facebook.com/AddisonlCain

DU MÊME ADDISON CAIN

La revendication de l'Alpha:

Née pour être liée

Née pour être brisée

Renaissance

Dérobée

Corrompus

Le chant de Wren:

Marquée

Prisonnière

L'Empire d'Irdesi:

Sigil

Sovereign

Roman indépendant:

Prends sur toi

La ligne dorée